JN277664

【辞書、のような物語。】

本書は、『辞書のほん』（第4～8号）に収録された作品に加筆・改稿して単行本としてまとめたものです。

辞書、のような物語。

【目次】

【あのこのこと】

古澤　健

そして、ぼくが想像するのは、にんげんが絶滅して数万年後の世界に突如として現れる知的生命体のことだ。

にんげんが絶滅しても、にんげんが発明した数々のモノとともに言葉が残る。石や木に彫られた文字、紙の上に鉛筆やペンで記された文字、プラスチックや合成樹脂に印刷された文字。ディスプレイに電光表示される文字は、ちょっと微妙かもしれないけれど、たいがいの言葉はモノとして残る。

それを発見した知的生命体は、それをぼくらの代わりに使うようになってくれるだろうか。

チンパンジーに文字を教えようとしている霊長類研究所の方々も、ぼくと同じ心配があるのだと思う。でもにんげんが絶滅したら誰が彼らの先生役を引き受けるのか？

それともぼくたちがロゼッタストーンを解読したように、彼らは忍耐強くぼくらの残した文字を見つめてくれるだろうか。

いつか孤児になってしまう言葉たちを、次の知的生命体に引き取ってもらうことは可能なのか。

けれど、まだ不安は残る。引き取ってもらったあと、言葉たちはきちんとそれぞれの本来の役割を演じさせてもらえるのだろうか？　その頃すっかり幽霊になってしまっているだろうぼくは、**あのこ**のことを次の知的生命体が誤解するのではないかと、心配でたまらない。

あのこのことを伝えるためには、言葉たちを頼りにするしかないのだから。

☆

あのこは、かつて子役だったらしい。ドラマやCMなどに出演していた。とは言っても、あのこの名前を聞いて、「ああ！」と驚くようなリアクションをする人はいないし、あのこの顔を見て「見たことある」と記憶を探るような人もいない。あのこの短い役者人生の中で、その瞳にフォーカスがあう瞬間は、ほんの数えるほどしかなかった。

とある地方局の深夜に放映されるミニドラマがあった。映像で辞書を作る、というのがそのドラマのコンセプトだった。3分ほどのドラマの冒頭と結末には、真っ暗な黒味の画面に白抜きで、テーマとして選ばれた言葉が浮かび上がる。「言葉を正しく使えるようになる！」というのがその番組のキャッチコピーだったが、もちろんそれは番組制作者たちが本気で言葉について考察を加える、というようなニュアンスではなくて、大真面目に振る舞うほどに自分たちの番組の内容が滑稽に見える、という番組の狙いを表現したものだった。

あのこは16歳だった。所属している事務所から電話がかかってきて、オーディションのことを告げられた。数分後にはファクスでオーディションの台本が送られてきた。番組名も記されていた。台本には、そのときのテーマとなる言葉も書かれていた。

「ブス」とあった。

「ひどいな。もちろん、オーディションには行かなかったんでしょ」とぼくは24歳になったばかりのあのこに訊く。

「ううん。あたし、その番組好きだったし、いつも『なるほどね』って笑いながら感心することが多かったから、どっちかっていうと興味がわいたの。まあ、それでオーディション会場に行ったんだけど」

あのこはオーディション会場である制作会社に一人で行った。待機場所である会議室に通されて、あのこは今日の「ライバル」たちの顔を見渡した。みんなもどこか落ち着きを失った様子で、あのこを見返した。

「そのとき、あたしが思ったこと、率直に言おうか」

「うん」

「うわ……本当にブスばっかり集まってるって思ったの」

「……」

「どの子が選ばれてもおかしくないって感じ」

あのこは、そんな「ライバル」たちを蹴落とそうと考えた。そんな自分のことを「あさましい」とあのこは言ってしまうんだけど、ぼくがあのこの言葉から感じた違和感、「どうして知りあったばかりのぼくに向かってわざわざそんな言い方をするんだろう」というかすかな疑問、次の知的生命体に伝わるかな。

あのこはその場にいた候補者ひとりひとりにこう囁《ささや》いた。

「ブスって言葉の意味、知ってる?」

「知ってるよ」

「あたしも知ってるつもりだったけど、念のため辞書で調べてみたの」

真面目なあのこは下調べも欠かさなかった。辞書には「ぶす〘名〙〔俗〕女性の顔の美しくないこと」とあった。

「それで?」

「そのあとに続けてね、『女性をののしっていう語』ってあったの」

「……」

「きっとこれからあのドアの向こうで、あたしたち、監督とかプロデューサーに散々ののしられて、その上テレビを見た友だちとか知らない人から、ずっとののしられることになるんだよ」

「……」

「あなたって、みんなに好かれるタイプじゃない？　あたし、直感でそう思った。そのイメージ、大切だと思うな。このオーディション、あなたのためにならないと思う」

　全員とまではいかなかったけれど、数人の候補者があのこの言葉に心が折れて、あのこの望みどおり競争率はさがった。

「だけど受からなければいいなって思ったの、帰り道で」とぼくの向かいに座るあのこは言い、続けて「っていうのはウソ」と笑う。「おしゃべりのために振り返って、いまの気持ちを投影してるんだと思う。だってそんなこと思うんだったら、ライバルにいやがらせするようなことしないもんね」

あのこはオーディションに受かった。

たった3分間のドラマとはいえ、収録には一日が費やされる。あのこは初めて照明を熱いと感じ、レンズがまっすぐ自分にフォーカスを合わせているのを強く感じた。

撮影は滞りなく終了し、あのこは初めての主役を演じることに強く興奮したと同時に大きな満足も感じた。数日後にドラマは完成し、監督自身の希望により制作会社の会議室で試写会が行われた。あのこも、会議用の椅子に座って自分の初主演のドラマを見ることになった。

「そこには本当のブスが映ってた。『ブス』って言葉の意味と使い方を、日本語を知らない人に教えようと思ったら、このドラマを見せればいいじゃん。あたし、本当にそう思った。なんだか、もう、笑うしかなかった。それくらい、あたし、ブスだった」

ドラマのラストは、あのこがレンズに向かって振り返ってニッコリと笑うカットだった。その笑みがストップモーションになった瞬間、あのこの背後に座っていたスタッフの一人が盛大に吹き出して、言った。「こっち見んなよ」。その言葉と同時に、画面には「ブス」という文字だけが映し出された。

誰もが、作品の成功を確信した瞬間だった。会議室の明かりがついた瞬間、監督はあのこの手を握り、「いつか、映画かドラマを作るときには、是非主演女優で出て欲しい」と興奮気味に語ったが、あのこはどこか醒《さ》めた気持ちで「でも、ブスが主演のドラマなんてないですよね」と口にしかかって、やめた。

しかしそのミニドラマは放映されなかった。理由は不明だ。その監督は、やがて映画を撮るようになった。いまではテレビ局が制作する大きなバジェットの映画も作っている。その監督が、あのこを使ってドラマや映画を作ることはなかった。

「ひどいね」と、ぼくは再び言う。

が、あのこはぼくが誤解していることに気づいて、苦笑して言う。「その監督、あたしのことを使いたいって連絡してきたことがあったの。でもあたしはそのときもう役者の仕事はしていなかったから、断ったの。その映画は、別の女優で作られて、とても小さな映画館でかけられた。観に？行ったよ。すっごいブスの子が主人公だった。出なくてよかった」

とあのこが言ったその映画の主演女優は、本当にブスだったのだろうか？「映像は嘘をつかないでしょ」とあのこは言うが、ぼくは強い違和感をおぼえる。

「本当に、出なくてよかったの？」

「……」

☆

結局、ぼくはあのこの語ってくれた言葉から、あのこの気持ちを想像するしかない。

ぼくには、あのこの気持ちはわからない。そのことがとてももどかしい。そのミニドラマを次の知的生命体が見て、そこで使われている「ブス」という言葉の使い方を解析しようとしても、必ず失敗してしまうだろう、とぼくは思う。あるいは、次の知的生命体は「ブス」という言葉の使い方を間違えて宇宙に広めてしまうかもしれない。だって、あのこは誰かにかつて「ブス」と呼ばれたかもしれないけれど、そしてそれにふさわしいドラマが作られたのかもしれないけれど、ぼくの目の前にいたあのこは、とってもとっても謎めきながら光り輝く宇宙で唯一の存在だとしかぼくには思えなかったから。

　そのことを伝える言葉をいつか見つけ出したいのだけれど、その文字列を発見した次の知的生命体は、ぼくの愚かさに共鳴して、ときめいてくれるだろうか。

【レネの村の辞書】

田内志文

1、

バスは山間を抜ける田舎道に差し掛かっていた。がたがたと小さく揺れる車体に気づいて、古びたノートから顔を上げる。どこか懐かしさを感じさせる、高く遠い山並みが、車窓の外に広がっている。

少年だったころの太陽みたいな気分が蘇ったとたん、バスは木々のトンネルに入り、暗くなった窓に三十九歳になる僕の顔が映った。

ノートに視線を戻す。開かれたページには、ていねいな細かい字がびっしりと並んでいた。

「土手：草が生えていて、すべりおりて遊ぶと楽しい。アマリケが転んで、うでを大けがしたところ」

「教会：おうど色の石でできた、とがった塔のたてもの。日曜日には、朝から連れて行かれる。だいたいめんどくさいけど、たまに行きたくなる場所」

そんな感じだ。

僕はこのノートを『レネの村の辞書』と読んでいる。レネという名前の僕よりひとつ年下の女の子が、いつまでも忘れないようにと、彼女が見てきた村のすべてを書き留めたのである。ぜんぶで四冊もあり、どのノートにも村のことが細かく細かく書かれていた。中には「石」などという項目まである。

「石：平たい石は水の上をはねる（記録は七回）。丸い石は持って帰って箱にしまう。誰かが投げた石で、おでこから血を出した」

　このノートを開くのも、ずいぶん久しぶりだ。彼女と離ればなれになってからというもの、なんとなく開く気がしないまま、二十五年、いや、二十四年だろうか。とにかく、長い年月が過ぎた。

2、

村を出てゆくことが決まったあの日から、レネは来る日も来る日もノートを片手に村じゅうを駆け回った。公園に立つ桜の木、ささやかな目抜き通りに敷かれた古い石畳、毎週水曜日に開く市場……。彼女はまるで写真に撮ってアルバムに残すみたいに、そんなものをノートに書き綴っていった。

懐かしい字だ。ページをめくる指先の感触も懐かしい。すぐそこに蘇る彼女の村を追う僕の視線が、たったひとつ震えるような、揺れるような字で書かれた項目の上で止まった。

「おわかれ：したくないこと。さみしいこと。とてもさみしいこと」

あの日、両親の仲がよかった僕たちの家族は、一緒に村を後にした。そのバスの中で、彼女は人の住まなくなった村を振り返りながらこの項目を書き留め、それっきり辞書を作るのをやめたのだった。

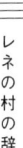

3、

新しい家は大きかったが、広いとはいえなかった。僕とレネの家族が、一緒に住んでいたからである。父さんとレネの父親は、大家さんから紹介された工場ですぐに働きはじめた。町の人たちは、僕ら家族にどことなくよそよそしく、父さんも母さんも、日に日に胸に溜め込むものがあるようだった。

とはいえ、僕は新しい町の暮らしを割と楽しんでいた。子どもはどこにいても子どもだ。外に出れば遊びの仲間にも入れてもらえたし、割とすぐ、友だちもできた。四、五年も経つころには、ふと気づけばあの村のことが頭を離れていることも、少なからずあった。

しかしレネはといえば、まるで体操服を忘れたまま体育の授業を待つ子どものように、どこかうかない顔をしていた。

「みんなどこで何してるだろうね」彼女はお茶を飲みながら僕に訊ねた。

「元気にしてるかしら……」

「どうだろうなあ」僕は答えあぐねた。「僕もレネも元気なんだから、みんな元気にしているさ」

彼女は何も言わず小さなため息をついた。日々、その表情は悲しみを増し、やがて家から出ずに過ごすように、彼女はなっていった。

4、

「最近レネと一緒じゃないんだな」いちばん仲のよかったサックという少年が、僕に言った。「すっかり見かけないいんだもの。喧嘩でもしたのかい？」「なんか落ち込んじゃってるみたいなんだ」僕は首を横に振った。「ずっとベッドで横になってるみたいだよ」

「そうか。心配になっちまうな」彼は小石を投げながら言った。「何かできることがあったら言ってくれよ」

「うん、ありがとう」僕は答えた。

「気にすんなって」にっと歯を見せて彼が笑った。「レネ、ずいぶん髪のびたんじゃないか？」

「うん、そうかもね」僕は、何の気なしに言った。

「そっかあ」彼は、やっぱりなといった顔でうなずいた。「早く元気になるといいな。まあ、あれだ。ちょっと気になっただけだ」

家に戻った僕は、レネのドアをノックした。ベッドで寝ている彼女のそばに腰掛ける。

彼女は手にしていた『レネの村の辞書』を閉じると、ベッドサイドのテーブルに置いた。他の三冊も、きれいに端を揃えてそこに置かれていた。

「サックが心配してたぜ。たまにはレネも、遊びに出なくっちゃ」

「うん、ごめんね」彼女は口元に笑みを浮かべた。「なんか、いろいろ考えちゃって。明日になったら大丈夫だから」

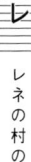

だが、次の日も、その次の日も、彼女は部屋から出ては来なかった。なんだか嘘をつかれた気がしていらいらし始めたころ、僕は、レネが重い病気にかかっていることを両親から聞かされたのだった。

5、

僕は毎日彼女の寝室を訪れた。四冊の『レネの村の辞書』は、いつも順番が変わって置かれていた。彼女を起こさないように一冊を手に取り、静かに開いてみる。

ブナの木。ジュウシマツ。小川――。読み進めると、ひとつずつ積み木を置くように、僕の頭の中にレネの村ができあがってゆく。

橋。リンゴ畑。自動車──。僕と同じところもあれば、すこし違うところもある。彼女を初めて知ったような不思議な気持ちになった。もう一度、村に連れ帰ってあげることができたなら。僕は下唇を噛《か》んだ。

ページをめくっていた僕は、ふと手を止めてある項目に見入った。

「窓：桜の花でいっぱいになる、春の窓がいちばん好き。川の流れる音や、スズメの声や、ボール遊びをする男の子たちの声がする」

窓に目を向ける。まるで十年も前からそうであるみたいに、カーテンはどっしりと引かれていた。

それに気づいてからというもの僕はしょっちゅう気にしてみたのだが、部屋の中から見ても外から見ても、カーテンが開いていることはなかった。

窓の外に木は立っているが、桜の木じゃない。

6、

「なあサック、ちょっと頼みたいことがあるんだけど」僕は、ふたり並んで小川に足をひたしながら、サックに訊ねた。

「なんだ？　言ってごらんよ」

「レネのことでさ。ちょっと変なことなんだけど……」

「なんだよ、まどろっこしいな」サックは僕の顔を覗き込んだ。「何でも言ってみろって」

「じゃあ手伝ってほしいことがあるんだよ。実はね……」

僕はサックにレネと辞書のことを話した。病気のことは言わなかった。

サックはひととおり話を聞くと、僕の背中を思い切り引っぱたいた。

「乗った！　まかせとけって」

7、

僕らの大作戦が始まった。サックは町の子どもたちに声をかけて、四人ほど集めて来た。

「おい、桜もっとよこせ！」木の上からサックが小さな声で呼びかけた。

ロープで下ろされた板きれに紙で作った桜の花を僕たちが載せ、サックが引っ張り上げる。彼は手際よく、それを木の枝に貼り付けてゆく。どうかレネが気まぐれでカーテンを開けたりしませんようにと祈りながら、作業は進んだ。

僕たちを見て、手伝ってくれる子どもたちはすこしずつ増えていった。いつの間にか十人にも二十人にも増えて、みんなで罠を作ってスズメを捕まえたり、ボール遊びができるように近くの空き地の草を刈ったりしてくれていた。

『レネの村の辞書』に書かれた窓は、みるみる完成に近づいていった。

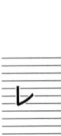

8、

「レネ、天気もいいし、窓を開けてみようよ」僕は、さりげなく彼女に持ちかけた。
「ありがとう。でもそんな気分になれなくて……」レネは視線を落とした。
「いいからいいから。きっとすこしは元気が出るよ」僕は窓に歩み寄ると
そっとカーテンを揺らし、サックたちに合図を送った。
慌てて手を伸ばす彼女を無視して、カーテンをさっと開ける。
「えっ？」彼女が息をのむのが聞こえた。
窓を開け放つ。スズメの鳴き声、ボール遊びの歓声。小川の音は、樽に
入れた水を板きれで掻き回して作った。
彼女は目を大きく見開き、口をぽかんと開けていた。日の光を浴びた顔
が、いつもより元気に見える。思わず窓の外に向けて親指を突き出すと、

子どもたちの歓声が湧き起こった。レネは涙を浮かべた瞳で僕を見上げながら「ありがとう……ありがとう……」と言葉を詰まらせた。

その日から、毎日子どもたちがお見舞いに来るようになった。中でも、サックは常連だった。町の話を聞かせ、村の話を聞く。久しぶりに声を立てて笑うレネの顔を見ながら、あの窓を見たとき彼女はこんな気持ちだったろうかと思ったものだ。

ある夜、レネは僕を枕元に呼ぶと、四冊の辞書を差し出した。

「これ、持ってて。わたしにはこの窓があるもの」彼女が微笑んだ。

「うん、分かったよ。大事にとっておくから」僕は、ノートを受け取った。

「大人になったら、一緒に読みたいな」彼女が天井を見上げた。

「じゃあそうしよう」瘦せた彼女の顔を見て、涙が出そうになった。

「約束だよ」彼女が小指を差し出す。

「うん、約束だ」僕は彼女の小指に、自分の小指を絡めた。

9、

バスは揺れる。町まではそう遠くない。周りの乗客たちの話し声が、心なしか活気づいてきた。

まだ町に帰る心の準備が出来ていないような気持ちになる。

僕は開いたままの『レネの村の辞書』を、指先でそっと撫でてみた。ふと、見慣れない項目がひとつ、最後のページにあるのに気がついた。そこにはこんなことが書かれていた。

「約束：いつか笑顔で会うために交わすもの。怖い気持ちから守ってくれるもの。絶対に忘れないもの。忘れてしまった人をせめてはいけないもの」

思わず、窓の外に顔を向けた。

やがて、ブレーキを軋《きし》ませながらバスが停まった。タラップを降りると、僕と同年配の小太りの男が、膝が悪そうに駆け寄ってきた。

「久しぶりだなあ！　はげたな！」サックは大声で笑いながら、僕の背中を思い切り引っぱたいた。

胸のつかえがひと息に弾け飛び、僕たちの町の香りが体の隅々まで染み渡った。

【辞書ひき屋】

戌井昭人

あたりは砂煙のたっている荒涼とした大地で、ひらけた空にはむきだしの太陽が照っています。そこには真っすぐの一本道が通っていて、道端に男が一人、潰れた小学校から拾ってきた机を前にして、木箱に座り、机に足をのっけながら居眠りをこいてます。

男は大きな麦わら帽子をかぶっていて、眼鏡には砂埃がこびりついていて、眼鏡には砂埃がこびりついていています。たまに指に唾をつけて、汚れを落とすので、濡れた唾で汚れは広がる一方だし、乾いた唾が跡をつけ、さらに汚らしくなっています。鼻毛は伸びほうだい、麦わら帽子の下の髪の毛はかたまりになって乾き、隙間にはたくさんの砂が入り込んでいます。風呂なんてものは、長いこと入っていませんから、顔の皺にも砂が入り込んでいるようなありさまです。

男が足を放り出している机の上には、古びた辞書が一冊、置いてあります。もともと辞書は白い色をしていたのですが、手あかで真っ黒になり、くしゃくしゃになった紙は数倍にふくれあがって、風が吹くと、バサバサ音を立てながら勝手にページがめくれていきます。いまちょうどめくれているページは、「と」の部分で、そこには【毒腺】という言葉があります。

どくせん【毒腺】〔毒液を分泌する腺。爬虫類・両生類・昆虫類・クモ類・サソリ類などに多く見られる〕

この付近にはサソリが棲んでいて、男は一ヶ月前、サソリに刺されました。

さそり【蠍】〔四対の足と二本のはさみをもち、多くの関節に分かれた腹部の尾端には毒針がある。夜行性」

そのとき男は、机にツップして居眠りをしていたのですが、地面に足をつけていたため、サソリは靴をつたってくるぶしまでのぼってきて、そこを刺したのです。痛みで目を覚ました男は、立ち上がって、歩こうとすると、足は後ろに投げ出されてしまい、どうにもこうにも前に向かって歩くことができなくなっていました。

サソリの毒は神経系を変にしてしまうらしく、後ろ歩きしかできなくなってしまった男は、歩こうとすると道から離れていき、しばらくすると身体が痺れだしてきて、なすすべもなくその場に立ち尽くしていたのです。

すると、向こうの方から馬鈴薯の収穫を終えたおっさんの乗ったオートバイがやってきました。男は「サソリに刺されました、助けてください」と叫ぼうとしたのですが、なんせ神経系が変になっているので、ちゃんとした言葉が出せず、「ささささささ」と大声で叫びながら、両手の指をVにして震えていました。それを見たおっさんは、オートバイを道端にとめました。おっさんの妻も昔、サソリに刺されたことがあったので、これはまずいと思い、男を後ろ向きにして歩かせ、オートバイの後方についている荷台に乗せて、街の病院に連れて行ったのです。

荷台の中には大量の馬鈴薯が積まれていて、男はゴツゴツした馬鈴薯の上で、ぶるぶる震えながら、自分はもう駄目だと半ばあきらめていました。けれどもおっさんが、ものすごいスピードで病院に連れて行ってくれたため、なんとか命を落とさずにすんだのでした。

数日後に無事退院をして、この場所に戻ってきた男は、以来、足を地面に置いて居眠りをすることは避け、机の上に足をのせて居眠りをすることになったのです。

男はここで、辞書ひき屋という商売をしています。辞書ひき屋とは、名前の通り、辞書をひくのが仕事なのです。男がなぜ、このような商売をはじめたのかは、いま座っている一本道の先、山の向こうにある街の人々の頭が、どうにもこうにも悪くなってしまっていたのがきっかけでした。

街は、かつては孤島のように、ひっそりとそこにあったのですが、この二〇年の間で、いろいろなことが変わっていきました。今では上流に立派なダムができ、停電もなくなり、交通の便もよくなって、住人の金まわりもやたらよくなりました。このようになったのは、街の近くにある山の中から、もっと大きな街を動かしていくのに重要な資源が採取できるとわかったからで、開発がどんどん進み、街は裕福になっていったのです。

またこの街では、犬みたいなロボットが３００匹くらい常に徘徊していて、ゴミを食べてくれます。だから人間は、そこら中にゴミをまき散らすようになりました。けれども犬みたいなロボットがゴミを食べてくれるので、街はいつもキレイなのです。さらに犬みたいなロボットは、食べたゴミを人工的な二オイのする芳香剤のウンチに変えて脱糞します。それはとてもキツい二オイで、はじめて街を訪れた人は、いい二オイとは思えず、目は痛くなるし、頭が痛くなったり、めまいがしたりして、なんだかわけがわからなくなってしまうのです。しかし慣れてくると、その過剰なニオイがだんだん心地よくなってきて、街を離れがたくなってきます。

このように、生活が過剰なくらい便利になった街の人々は、頭がどんどん悪くなり、出来損ないの人間になってしまいました。しかし、これは、犬のようなロボットがまき散らす、芳香剤のウンチのせいなのではないかという噂がありました。なぜなら芳香剤をまき散らす犬は、裕福になったこの街をモデルケースとして、国が支給してくれたもので、芳香剤のウンチには、意図的に人間を出来損ないにする物質が入っているのではないかということなのです。

これを国家の陰謀だととなえる人も出てきましたが、ほとんどの人は、そんなことは、どーでもいいじゃないか、便利だからいいじゃねぇかと、裕福になった街で日々の生活を送っているのです。

そして変なニオイを嗅ぎ続けた結果、人々は、昔のことを思い出そうとしても、思い出せなくなったり、昔をなつかしんでみても、最終的には、なにがなつかしかったのかすら、わからなくなってしまいました。

辞書ひき屋の男が、この街にやってきたのは、二ヶ月前でした。でも、そのとき男は、まだ辞書ひき屋ではありませんでした。男が辞書ひき屋の商売をはじめたのは、この街にやってきて以降のことなのです。

それまでの男は、いろいろな国を放浪しながら、金にもならない言葉をノートに綴《つづ》り、とどまった街で、仕事にありついて、しばらく働き、金が貯まったら、また旅に出る、といった生活を続けていました。だから男のリュックの中は、ほんの少しの衣服と、爺さんから貰った辞書と、ノートとペンしか入っていませんでした。

はじめて街に入ったとき、男は、芳香剤の二オイで、とても嫌な気がして、すぐに他の街へ向かおうと考えました。けれども、数日間歩き続けて、やっとたどり着いた街だったので、久しぶりに酒を飲みたくて、向こうの方で細かな電球が光っている酒場の誘惑に勝つことはできませんでした。

酒場は賑わっていました。燻《いぶ》された木目の天井や壁に、長いカウンターのある立ち飲み形式の店で、なにを生活の糧としているのかわからない、原色の服をだらしなく着た人々がたくさんいました。男は一人、酒を飲みながら、彼らの会話に耳をかたむけていたのですが、しばらくすると、なんだか人間の様子が変だといったことに気づいたのです。

「ほらほら、あれあれ、火をつけてさ、湯を沸かすやつだよ。あれあれ、あれなあ、なつかしいなぁ」

「なつかしい。けど、それなんだっけ？」

「あーなんだっけか」

「何色だった？」

「金色みたいのもあったし、銀色みたいのもあったよ」

「ひょっとこみたいな口が飛び出してるやつ？」

「ひょっとこ？　ひょっとこってなんだっけ？」

「ん？　なんだっけか？　そもそもなんのはなしだっけ？」

「だから湯を沸かす、あれだよ」

「あったよなぁ、そんなのが。なつかしいなあ」

「うん。だから、その、なつかしいあれはなんだっけ？」

このような会話を聞いていた男は、「ちょっと口をはさましてもらいますが」と言って、「それは、ヤカンじゃないですか」と教えてあげました。するとと彼らは「そうだ。ヤカンだ、ヤカンだ」と大喜びをしたのです。さらに男は、リュックの中に入っている辞書を取り出し、やかんという箇所をひき、ゆっくり、大きな声で、読んであげました。

「やかん【薬罐（薬缶）】銅・アルマイトなどで作った湯沸かし用の器具。全体にまるみを帯びた形で、上に取っ手、横に、注ぎ口がついている。これですよね」

酒場にいた人たちは、「ヤカンだ」「昔はヤカンがあったんだ」「もう、ヤカンのある時代は戻ってこないんだ」となつかしそうに話しだしたのです。

はじめは、酔っぱらっているから、いろいろ思い出せないのだろうと男は思っていたのですが、どうも違うらしいのです。彼らは、思い出す前に、忘れてしまっているようで、酔っぱらう以前に、ストンとなにかが抜け落ちてしまった目をしているのです。

誰かが男に、「んっじゃあれはなんだっけ、ほら、丸くて、赤くて、ムスッとした顔して」と訊いてきました。「手足切り取られて、片方の目を書いたりすんだよ。赤くて、ムスッてしてんの」。

「それは、だるまじゃないですかね」

男は辞書をひき、だるまの箇所を彼らに読んであげました。

「だるま【達磨】中国禅宗の始祖、達磨大師の座禅姿をまねて作った張り子の玩具。ふつう丸くかたどって赤く塗り、倒しても起き上がれるように底におもりを入れる。開運の縁起物とされる。最初に片目を書き、願いが叶うともう一方の目を書きこむ風習がある」

こんな風にして、彼らの思い出せない言葉や物事を思い出してあげ、そのつど辞書をひいて読んでいたら、彼らはたいそう喜び、「なつかしいなつかしい」と涙を流す者さえでてきて、感謝され、お金までもらったのです。そして彼らの中の一人が、男の持っている辞書を指して、「そもそも、あんたの持ってる、その分厚い紙のかたまり、なに？」と訊いてきたので、男は「辞書です」と答えました。そして辞書の箇所を読み上げました。

「じしょ【辞書】ことばを集めて一定の順序に配列し、発音・表記・用法などを説明した本」

「ありがてえもんだね」

なんだか、ずいぶんややこしい状態になっている人々ですが、ボロボロの辞書を、観音様のように、「ありがてえもんだ」と拝みだしたので、これは商売になると男は考えたのです。そして毎晩、街にある酒場を巡って、辞書をひき、小銭を稼ぎはじめました。

しかし、こんな街にもヤクザ者がおります。男は挨拶もなく勝手に商売をしていたので、彼らに目をつけられてしまい、儲けた金を取られたあげく、二度と街で商売するなと、追い出されてしまいました。

金はすべて持っていかれたけれど、救われたのは、辞書は持っていかれなかったことです。最初、ヤクザ者は、辞書も持っていこうとしたのですが、手に取って、ぱらぱらめくり、「意味がわからん」と、その場にバサッと捨てたのです。

男はその辞書を拾い、街を後にして、山を越え、この道端までやってきて、ふたたび商売をはじめたのです。最初の一週間は物珍しくて客が集まってきましたが、先月はサソリに刺されてしまったし、最近は芳香剤のニオイが山の向こうから漂ってきて、客もまったくこなくなってしまいました。

男は、居眠りをこいています。風が吹いて、辞書がパラパラめくれました。めくれた箇所は、「は」のページで、「はんぺん」という文字がありま す。

はんぺん【半片】︹魚肉のすり身におろした山芋などを加えて気泡がまじるように練り、型に入れてゆでた食品。白くてやわらかい︺

目を覚ました男は、そのページを眺めながら、白くてやわらかい女性の太ももを想像しました。そして、そろそろ違う街へ移動しようと考えました。

【湖面にて】

明川哲也

水気を吸ったロープは、思いのほか冷たく感じられた。男はロープを張り過ぎないように加減しながら、勢いをつけてたぐることを何度も試みた。深さは四、五十メートルほどあるだろうか。水塊《すいかい》の底で絡まっているものの正体がわからなかった。沈木か、あるいは突起状の岩か。

夕暮れがゆっくりと空を覆い始めていた。森を駆け降りてくる風が湖面にさざ波を作り、その通り道を見せていく。揺れる手漕ぎボートの上で、男は両膝をつき、中腰になっていた。ロープから滴る水が腿や腰を濡らす。

山上湖である。標高があり、町からは遠い。湖岸には幾つか別荘の屋根が見え、そしてその一つは男のものだったが、まだ春は遠く、周囲に人気はなかった。ロープがはずれなくなってから、男はそのことにようやく気がついた。

今日、男はマスを釣っていた。

書斎にこもり、ノートに文字を並べようとしているうち、窓から見える湖面に吸い寄せられた。頭を掻いても、唸ってみても、並ぶはずのものは並ばなかった。本来なら、これから築こうとする世界の土台なり、支柱なりを記すはずだった。ところが湧いてくるのはあぶくばかりで、それらは部屋の隅々にすぐ吸い込まれ、あとかたもなく消えてしまった。転がるように残るのは、もともとお前には才能などなかったのだという、無声のつぶやきだけだった。しかも男はこの一人芝居を、内容を変えずに昨日も一昨日も繰り返していた。

男は釣り具の入ったリュックサックを背負い、書斎を出た。引き返してきてノートと辞書も詰めた。湖岸に降りたあと、敵前逃亡という言葉を思い出して少しうろたえ、桟橋に腰を降ろした。どこからか想念が降ってこないか、せめてその尻尾でもつかめないものかとしばらく待った。しかしどうにもならなかった。湖の端から雲が水面を滑ってきて、男のいる場所が横に動いたように感じられても、一新されるものは何もないのだった。

男はあきらめて、土を掘った。この別荘にこもって仕事をする時、生ゴミを埋める場所である。シャベルで数回掘り起こすと、安眠を破られたミミズたちが、アラビア文字を描いて躍りだした。それを餌箱に入れているうち、もう今日は何も考えまいという気になった。

釣りを始めるには遅い時間だった。陽はすでに高いところにあったので、魚たちの活性は落ちている。こういう時は底を狙うしかないことを男は知っていた。水のプリズムが光を虹として放射する中層。腹を減らしたのがまだ残っているとすれば、その光彩の下の暗がりで目をぎょろつかせているに違いない。

リール竿を使い、オモリ付きの仕掛けを上下させる釣りになった。ミミズに針を刺し、紺や藍が溶け込む深いところを流す。魚の当たりはごくたまにあった。男が合わせると、これもまたごくたまに、引きがあって魚がかかった。小ぶりではあるが、竿先までリズミカルに引っ張り込み、水を斬るように躍りながらマスが上がってくる。

竿を通して魚の力を感じている時、男に染みついた、男と同じ形をした意識はつぶやくことを忘れた。苦いのも、重いのも、胸を内側からつかむような乱暴なのも、ググッと引きがくるその瞬間だけは姿を消した。才能など始めからなかったことを知りながら、それを直視しないように努めてきた膨大な時間。その水面から沈殿した澱《おり》が、マスが暴れる度、たしかに霧散する。

だから男は、もっと魚を釣りたいと思った。気晴らしになるのだから、持て余した自分を遠くにやれるのだから、もっともっとマスを釣りたいと思った。

ところが、今日の釣りには一つの欠陥があった。不在にしている間、誰かがいたずらをしたのか、ロープの先からアンカーが失せていた。普段は使わないものだから気にも留めなかったが、ポイントとなる深いところだけを狙って釣りを続けようとすれば、ボートの位置を固定させる何らかの工夫が必要だった。素のロープを垂らしてもみたが、それではやはり風に押されてしまう。

リュックサックから取り出した辞書を、魚を入れるためのビニール袋に突っ込んだ時、気はたしかだろうかと男は一度指を止めた。おかしなことを始めたと、もちろん自分でわかっていた。でも、この奇妙な行動こそがお似合いなのだと男は思った。天から降りてくるものがなくなった以上、廃業は近い。いや、むしろもっと前に筆を折るべきだった。生き方を改めるべきだった。

つぶやきの数と等しいだけのビニール袋を出し、男は辞書を幾重にもくるんだ。それぞれの袋の口はメンディングテープで閉じていく。水がしみ込まないよう、しつこく頑丈にやった。そしてロープの先を巻きつけ、十字に硬く結んだ。その上からまたテープでぐるぐると巻いた。

男は湖の真ん中までボートを進め、波を立てないようにそっと辞書を沈めた。掌を離れる際、一瞬のためらいが男に走った。長年使ってきた国語辞典の本当の重さを、初めて知ったような気分になった。だが、すでに辞書は水中にあった。ロープをするすると引き込みながら、揺らいだ影になって遠ざかっていく。かつては白日に見ることもあった希望のようなものが、今はどれだけ目を見開いても象を結ばぬように、辞書の影は輪郭を失い、あやふやな点になり、やがて水塊の奥に消えていった。

ロープの動きが止まった時、男は突然身震いをした。風による肌寒さではなく、脊椎に直接水をかけられたような、内側からの震えだった。男は慌てて釣りを再開した。だが、そうしながらも男は、沈めた国語辞典のことを考えていた。あの辞書を、自分はいつ手に入れたのだろうかと。

デビュー二冊目にして文学賞に恵まれ、男は数年の間、いっさいの不安から解き放たれて物語と向かい合えた。書店に行けば、男の本は必ず平積みになっていた。湖岸の別荘もその時に手に入れたものだ。

あの頃に買ったのだろうか。男は記憶をたどろうとした。最初から手元にあったような気もするし、資料の本を注文する際、ついでに頼んだような覚えもある。いずれにせよ、自分はあの分厚い国語辞典を横に置き、行き止まりへのこの道を歩んできた。

そう、風景はめったに鮮やかな色を見せなかった。自分が世間から受け入れてもらったのは、ごくわずかな季節に過ぎなかった。入り口には甘い香りが漂っていたが、先で待ち構えているものを示そうとはしなかった。新しい人たちが脚光を浴びる度に、世間の目は移ろいでいく。過去が時ではなくなるように、自分もまた書棚の壁の向うへとはじかれてしまった……。

男は釣り竿を握りながら、湖底の、光の届かないところへ落ちていった辞書を想像した。底は岩盤なのだろうか。それとも泥か。水塊は重いだろう。そこは氷のように冷たくて、無音の、果てしない闇。

いや、闇なのだろうか。それを考えたがためか、男は合わせるタイミングを逃した。グッ、と竿先は曲がったが、重みが乗ることはなかった。

闇から湖面はどう見えるのだろう。男はそれも考えた。中層での燦爛《さんらん》たる分解は、オーロラのごとき光の天井を造り上げるのだろうか。揺れ動きながら、飛行する魚たちを浮かび上がらせるのか。それとも闇はやはり遮断であり、雲に覆われた夜のように星々を隠してしまうのだろうか。

男は、辞書に手をのせたまま、別荘の窓から雲を見上げていた自分がいたことをふと思い出した。枯渇だとはっきり意識し、これ以上書き続けるのは無理だと思った夕暮れのことだ。雲間から射し込む光が様々な色を降らせ、夜が始まる前の透明な刺繍を見せつけていた。男はその時何をしたかも、今はっきりと思い出せた。空を見つつ、たしか『雲彩《うんさい》』という言葉があったはずだと辞書を開いたのだ。そこには、入り乱れたいろどり、とあった。

湖底に沈めた辞書を男が引き揚げようとしたのは、それから間もなくのことだった。たくさんの魚を釣りたいという心はもう男から消えていた。だが、どういうわけか、辞書もロープも上がってこない。何かが邪魔をしていることは確実だった。見えない水底を想像しながら、男は何度もロープを引っ張った。

夕暮れが濃くなっていく。金の輪郭に包まれていた雲が紫を宿すようになり、空と湖面の双方を滑っていく。

男はとうとう力任せにロープをたぐった。アンカー代わりの辞書ははずれてしまうかもしれないが、それならそれまでだと覚悟した。別荘は売りに出す予定だ。膨大な月日と、呻吟《しんぎん》と、一冊の辞書を湖底に残し、自分は去る。

すると、かなりの重みを伴いはしたが、ロープをたぐることが可能になった。やはり沈木だったのだと男は思った。どれだけの大きさかわからないが、辞書かロープに絡みついたまま底を離れたのだ。

一度あきらめはしたものの、こうなると辞書を手元に戻したくなる。慎重にやれと男は自分に言い聞かせた。

濡れることを顧みず、男はロープを抱くようにゆっくりとたぐっていった。力に段をつけたりすると、辞書を結んだところが木の重みに耐え切れず、切れてしまうかもしれない。魚をかけた時よりも遥かに気をつかい、男はロープをたぐり続けた。

あたりから光が失われつつあるため、暗い水塊へと続くロープの先にぼんやりとした影を認めたのは、そろそろ辞書が上がってきてもいい頃だと男が思った時だった。

そこでもう一たぐりした時、男の腕が止まった。その影が、何やら生き物のように見えたからだ。それは絡まっているのではなく、しっかりと辞書をつかんでいるように見えた。

　だが、それが何であったのか、男にはとうとうわからずじまいとなった。突然ロープが軽くなり、影はまた底へと吸い込まれていったからだ。男は辞書を引き揚げながら、得体の知れないものが消えていった水塊を覗き込んだ。そこには闇があるばかりで、遥か地の底にまで続いているように見えた。

　仄かな光が残る湖面に、男の顔が映っていた。いつの間にかしわをたたえ、白髪頭になってしまった顔が。男は首を振ると、辞書をくるんだビニールの包みを抱え込んだ。しばらく、オールに手を伸ばそうとはしなかった。

ほ

【ほろ酔いと酩酊の間】

大竹　聡

さーって、どっこいしょっと。はあ、くたびれた。やれやれだね。今日もなんとか乗り切ったってか。毎日毎日同じことの繰り返しとはいえ、それでも無事に仕事が済んで、こうして馴染みの酒場で一杯やれるんだからありがてえやな。うん、ちょっとばかりの酒とつまみと、それからこれこれ、この電子辞書ってのがあればもう万全だ。なんたってこれ、今見たばかりの言葉、ふと頭に浮かんだひと言、隣の席から耳に飛び込んでくるオヤジの発言なんかも、気になったらすぐに調べられて実に楽しい。調べてどうするって混ぜ返すヤツは表へ出ろよ。辞書を引きゃあちょっとは賢くなろうってもんだし、だいたいなんだ。場所もわきまえねえで携帯広げてゲームしたりメールしたり、最近じゃ今どこぞの店で誰それと何それを食ったらとってもおいしかったなんて愚にもつかねえことを大の大人が呟《つぶや》くと、それに対していいねえいいねえってお友達がお返事くれるっていうじゃねえか。あれに比べりゃ辞書を引いてるオレなんざよっぽど上等だ。この間だって酒を飲みながら週刊誌を開き、ＮＨＫの大河ドラマに出ている何某がどうしたこうしたという記事を眺めていたら、そんなことより平清盛と源頼朝のどっちがいくつ年上かなんてちょっと高尚な疑問がわいてきて、さっそく辞書を引けば清盛が二十九歳年長であることが立ちどころにわかったもんだ。もうちょっと近いような気もしていたんだが意外に年が離れてたんだなあと思うわけさ。そんなことわかってどうするってヤツはよ、表へ出てとっとと家へ帰っておくれよ。オレは一人、辞書をつまみに酒を飲みてえだけなんだ。

　さあさあ、来たよ、本日最初のビールだ。ああ、うめえなあ。沁《し》みるねえ。どこに沁みるって、五臓六腑に決まってる。ねえ、五臓はえーっと、心臓、肝臓、腎臓、それから、そうだそうだ、肺臓に脾臓って昔なにかで読んだことがあるけれど、六腑って何だい。ぐびっと飲みながら引いてみるってえと、出ましたよ。大腸、小腸、胆、胃、三焦、膀胱《ぼうこう》とある。胆というのは胆嚢でしょうな。わからねえのが三焦。「さんしょうって読むのかね」なんか思いつつぐびっとまた飲んで、今度は三焦を引く。ああ、あった、さすがだね。なになに、「上中下に分かれ、消化吸収および大小便の排泄をつかさどる」ときた。なんのことだかわからねえんで先を読むと

「無形有用のもの」というひと言が飛び込んできた。へー、おもしれえな。漢方の考え方らしい。でもまあいいや。ともかく最初のビールは五臓六腑、そのうちひとつは実在しない器官に沁み渡ったってことだあね。

割り箸を割って、小鉢に手をのばす。これをお通しというのか突き出しというのか。関東関西で呼び方が違うなんて話を聞いた覚えはあるが、ここはひとつ辞書を引こうじゃねえか。そう、ビールをまたぐびっとやって、まずはお通し。「料理屋で客が注文した料理ができる前に出す簡単な食品」。で、突き出しはってえと、ツ・キ・ダ・シ……、おおこれか。「本料理の前に出す小鉢物など。酒の肴として出す、ちょっとしたつまみもの」。へえ、そうなのか。これだけ読むと似たようなもんではあっても酒の肴という三文字が入る突き出しのほうにやや親しみがわいてくるわな。

ところで今夜の突き出しはヌタである。引いてみるといわゆる酢味噌和えのことだよと説明は実に素っ気ない。でもその字は「饅」である。うなぎ、じゃないよ。漢和に切り替えるとこれ、饅頭《まんじゅう》の饅だ。意味もそのまま中国で言うマントウのこと。これが何ゆえにヌタか。饅頭とは似つかわしくないさっぱり系の酢味噌和えに、なんでこの字が当てられたのか。……。まあ、そこまでは今、わからない。

それにしても大瓶のビールがうまい。ヌタのお次はサトイモの煮付けといくか。酒はやっぱり清酒にしようか。そうだねそうだね、本醸造の燗《かん》でいい。と、これがまた「燗」の一字に引っかかる。一応、引いておくか。

ははあ、「酒を器に入れて適当な温度に温めること」だってよ。当たりめえな話だな。燗って字はどこから来たか、くらい教えてほしいが勝手に想像するしかない。まあ、火の間、あたりか。ビールを飲みきる頃合いでちょうど小鉢のヌタがなくなり、そこへサトイモと挽肉の煮付けと徳利が来る。辛口の、燗に合う、いい酒だ。この徳利で、一本どれくらい入るかね。一合入らないのは当たり前で、七勺《しゃく》か八勺か。八勺として三本飲んだらほぼ二合と半分か。そういや、なんか、そのあたりのことを指す気の利いた言い回しがあったね。なんだったたっけ？　ああ、小半だ。コナカラって読むんだよな……。コ・ナ・カ・ラと。そうだそうだ。半《なか》らのそのまた半分で小半。米だの酒だのの「一升の四半分」ときたもんだ。そういや競走馬にキッズ二ゴウハンって謎の馬名の馬がいるが、オレに言わせりゃコナカラキッズ。ウチのせがれは毎晩二合半の飯を食うよ、くらいの意味か。

そんなことはどうでもいいや。あともう一品、魚を頼もうか。おお、ブリがある。ブリ大根？　アラ煮？　いやいやここはズバッと照り焼きでいこう。ここんちのランチのブリ照り定食は最高だからね。あの切り身の半分をつまみながら燗酒を飲み、残しておいた半分は、この絶妙な照り醬油に十分浸しておいてから、最後に頼む塩昆布をちょいとのせた握り飯と一緒に食おう。はあ、完璧なプランだね。それにしても、ここの煮物はうまいね。甘からず辛からず。刺身の皿と箸を行き来させたい気もするが、まあまあ、もうすぐブリ照りが来る。と思うまもなく来ましたブリ照り。姐さん、もう一本付けておくれよ！

ああ、これこれ、この赤いの、生姜《しょうが》だよな。なんてったっけ。いつも教えられたそばから忘れちまう名称のひとつ。ブリ照り食いながら途中で噛むとたいそううまい、ああ、ハジカミだ。これたしか、茹でた後で甘酢に漬けるとこんな色になるんだよ。あれ、オレなんでそんなこと知ってんだ？　そうかそうか、これはウチにある調理用語辞典で調べたんだっけ。あの分厚い一冊と銘酒の辞典はやばいね。寝床に腹ばいになってあの二冊をペラペラめくりながら自家製レモンサワーなんか飲んでいると、もうお止しよと自分で自分に言いたくなる深夜まで、へらへら笑いながら酒が飲めるというもんだ。そんなときは、昔一度だけ行ったことのある日本橋の日本料理屋の、それはそれは美しいハジカミと、輝くほど照りに照っていた筑前煮のため息が出るようなうまさも思い出されて、気がつけば枕に涎《よだれ》を垂らしまくって眠りこんでいたりする……。まあ、そんなことはいいや。

とにかくこのブリ照りのうまいこと酒に合うこと、それからハジカミの名前が思い出せたことで、気分は頗《すこぶ》る良好だ。姐さん、急かしてすまないけれど、燗酒を早く頼むよ……。そんなことは口に出したりしないけれども、本心を言えばさっき頼んだ酒を二合徳利に変更したいくらいだ。どうしようか、一本来たらすぐ、もう一本頼むか……。

ビール大瓶一本に燗酒徳利二本。飲み始めて一時間経つか経たないか。このあたりが、ほろ酔い加減ってことか。よくある「ほろ酔いセット」なんてのは、ビールと枝豆ともう一品で一〇〇〇円とか、あるいはビールに酎ハイ系一杯と突き出しに肴一品で一〇〇〇円とか、そんな感じだろうけれど、それで本当にほろ酔いになるか。ビールは大瓶、徳利もまあ二本くらいで、ほわっと温かくなる。それがほろ酔いなんじゃねえかと思いながら辞書を引くと、ほろ酔いは「微酔。酒に少し酔うこと」とある。まあそんなところだろうけれど、少し酔うとはいかに。だいぶ飲んだって少ししか酔わなければほろ酔いになるのか。難しいところであるが、二本目の徳利が来るのと同時に三本目を注文したあたりでほろ酔いの次はなんだろうかと気にかかる。酩酊かね……。メ・イ・テ・イ、と。おいおい、「ひどく酒に酔うこと」とはいきなりびっくりだ。じゃ、泥酔は？　デ・イ・

ス・イ……。「正体を失うほど酔うこと」かあ。泥のように酔うじゃねえんだ。ついでに昏酔を引いてみるってえと、おお、出ましたよ、「前後不覚に酔うこと」なんだとさ。なんかおもしろくなってきたなという勢いで燗酒をぐいぐいと飲みながら前後不覚を引くと、「前後の区別もつかないほど正体のないさま」とあって、ということはつまり、先の「正体を失う」は、「前後の区別もつかないほど正体のないさま」と比較して、やや軽い状態を指すのか。かくなる上は、正体の意味を知りたい。で、引く。ショウタイと。

「精神や身体が正常な状態にあるときの姿。正気。」とある。なるほどなるほど。ここではっきりしたのは単に正常な状態を失う「泥酔」と、前後の区別もつかぬほど正体なく酔った「昏酔」では、「昏酔」がより深く酔った状態であるということか。しかし、それで問題は解決しない。ひっく！　ああ？　もう酔ったか？　そう、大事なのは「酩酊」と「泥酔」の序列をいかに定めるべきかという一点である。

「酩酊」は「ひどく酔うこと」で「泥酔」は「正常な状態を失うほど酔うこと」。ひどいかひどくないか、正常であるか否か、いずれも人によって基準の異なることに鑑みればこの二語、酔いっぷりの説明としてひとまず引き分けとすべきか。はあ、疲れる。酒を。酒をもう二本、もらおう。そうして、長年飲んできた自らの感覚をもって酔い段階の序列をつけるならば、「酩酊」はヘラヘラした軽い酔い、泥酔は目つきが座ってちょっと危ない酔い、ダイジョブデスカー？　という大声に無反応なのが「昏酔」という序列はできる。が、「微酔＝ほろ酔い」と「酩酊」の間がわからない。こうなったら、和英で引いてみっか？

ほろ酔い：half-drunk。わかりやすい。こんなのもある。：get a drop in one's eye。ちょっと目が潤んでるんだねえ、うめえことを言う。で、酩酊：inebriate。知らねえ単語だが、その用例に：He drank too much beer and is inebriate（彼はビールを飲みすぎてへべれけになった）とある。おお！　へべれけ！　忘れていたぜ。へべれけ。「ひどく酒に酔って正体をなくしたさま」。ああ、酩酊も泥酔もへべれけも解釈上は同じってか！　そんじゃもういっちょ、勢いで引きますのは「べろんべろん」。ああ！

すごいね、これは。「酒にひどく酔って正体のないさま」だって。これも同じかー！　なんだか全身が、腹の底から熱くなってきたぜ。

オレの酒は微酔でおさまらねえ。ほろ酔いじゃ混んだ電車に乗れねえんだ。だから毎日、酩酊、つまりは泥酔＝べろんべろんでへべのレケだ。しかし参った。ほろ酔いの次がへべれけかい。よっしゃ、それなら今夜もべろんべろんだ、ベラボーめ。あ！　ベラボーって何だったたっけ？

【でっかい本】

西山繭子

淳志《あつし》は音を立てぬようにすっと襖を開けた。ゆっくりと兄の部屋に足を踏み入れる。小さい頃、勝手に入ると兄にぽかりとやられていたので、二十歳になった今でも同じように淳志の体は強《こわ》ばってしまう。しかし、心のどこかでは今すぐ「勝手に入るなよ」という兄、孝志《たかし》の声が聞きたくてしかたがない。淳志は部屋の中を見渡した。しんと静まり返ってはいるが、まるで先ほどまで兄がここにいたようなしるしばかりが目につく。抜け殻のような形のままの布団、机の上に転がったボールペン、乱雑に積まれた本たち。

　窓からは明るい冬の光が差し込んでおり、壁に貼ってある一つの地図を、まるでそれを見ろと言わんばかりに照らしていた。犬の顔のような形のそれは、兄がアルバイトをしては旅に出ていたスペインの地図である。淳志が知っているスペインといえば、闘牛やフラメンコ、そんなことしかない。帰国するたびに兄が話してくれることも、その時は「へえ」などと関心をしめしたりもするのだが、数日も経てば何の話だったか忘れてしまう。

淳志はベッドの上の抜け殻を崩してしまったら兄が戻る場所がなくなってしまうような気がして、それをよけるように腰をおろした。パイプのベッドが嫌な音を立てる。それは、まるで人間の骨がきしむ音みたいで淳志は顔をしかめた。兄の事故現場を見たわけではないが、こんな音を立てたのではないかと思ってしまう。自転車に乗った兄が車とぶつかったという電話を母親から受けた時、淳志は「どこで？」と言ったことを覚えている。

今考えれば、何であんなことを聞いたのだろうと思うのだが、瞬時に口から出たのは「どこで?」だった。誰しもが自分の身内が事故に遭い、ましてや集中治療室に入ることになるなんて思ってもいない。そんな「突然」にすぐに順応できるほど人間の頭は柔らかくないんだと淳志は知った。

この三日間、兄は眠ったままだ。それとは反対に淳志と両親はほぼ一睡もしていない。兄が目を覚ましたら、そのことを責めてやろう。淳志がそう思った途端、鼻の奥がつんとなった。悲嘆する両親の前で淳志は何度「大丈夫だよ」と言ったことだろう。一番言い聞かせたかったのは自分だった。淳志は鼻をすすって顔をあげる。

その視線の先に兄の本棚がでんと鎮座していた。何の秩序もなく並べられた騒がしい本たち。本棚というのは人の性格を顕著に表してくれる家具なのかもしれない。背表紙に並んだアルファベット、Nの文字の上に「︶」と波がついているのが暗号のように見える。旅の本もあれば、歴史の本もある。並べられた本たちは、愛情をもって読まれたくたびれ方をしていた。自分が興味のある本など一冊もなさそうだと思った瞬間、一番下の段、もう何年も棚から出されていないであろう一冊の本に淳志の目が止まった。まだ取っておいてあるのかよ、と淳志は呆れながらも懐かしそうに、その本を見た。それを本とは言わないことを淳志は知っている。でも初めてそれを見た時、兄はそれを「でっかい本」だと言った。その横で淳志も頷《うなず》いた。

淳志はピカピカに光ったランドセルにそっと手を伸ばす。その瞬間、孝志に腕をぐいっと摑まれた。

「アツはまだ幼稚園だから触っちゃダメなんだぞ！」

孝志の手を振り払おうと応戦するが、一年三ヶ月の違いは大きい。淳志はさらに腕を捻《ひね》られ、顔を真っ赤にしながら「離してよお」と泣きべそをかいた。

「二人ともやめなさい」

台所で夕飯の支度をする母親の声が居間に飛んでくる。淳志は心の中でどうして「二人とも」になるんだよと思いながらも、兄のさらなる制裁が

孝志の言葉に祖父母と父が笑う。母親は姑の前だからだろうか、「ほら、肘をつかない」などといつもより厳しく二人の息子を正した。

「お兄ちゃんになったタっくんに、おじいちゃんとおばあちゃんからプレゼントだ」

「やったー！」

孝志が箸を持った手を高々とあげた。「こらっ」と言った母親をちらりと祖母が見る。

「重いけどタっくんに持てるかなー？」

祖父が孝志の前に包装紙に包まれた四角い箱のようなものを差し出す。

「大丈夫だよ！」

そう言ってまっすぐに手を伸ばした孝志に祖父は「よいしょっ」とその箱を手渡した。想像以上の重さに孝志は「わっ」と声をあげて体勢を整えた。羨ましそうに口を尖らす淳志を見て、祖父は

「アっくんは来年な」

と淳志の頭をぐりぐりと撫でた。

「なんだー？　なんだー？」

孝志が歌うように言いながら包装紙に手をかけた。ビリビリと包装紙をはがす孝志。淳志は自分だったら、セロハンテープだって綺麗にはがすのになと、もどかしい気持ちでその様子を見る。包装紙の中からプレゼントがあっという間に顔を出した。

「うわー、でっかい本！」

隣で目を丸くして頷く淳志。そんな二人を見て大人たちは愛おしい笑い声をあげた。

「それは本じゃなくて辞書って言うんだよ」

「ジショ？」

祖父の口から出た初めて聞く単語に二人は首を傾《かし》げた。

「知りたいことは何でもこれに書いてあるんだ。これでいっぱい勉強するんだよ」

「すごーい！」

孝志が辞書を頭上に持ち上げた。そんな魔法のような本があるのかと、淳志には蛍光灯の光に輝く辞書がとても眩しいものに見えた。

「孝志、何か調べてみたら？」

母親の言葉に孝志は「うーん」と真剣な顔つきで辞書を胸に抱えた。そして、

「イカ」

と答え、みんなを笑わせた。

一年後、淳志は自分も辞書をもらえるものとばかり思っていたのだが、大人たちの「同じ辞書が二冊あってもねえ」という声に、結局自分だけの辞書を手に入れることはできなかった。

「お前、弟に生まれてかわいそうだなー」

辞書を胸に抱きながら孝志がきひひと笑った。

「使いたい時は俺にお願いしますって言わなきゃダメなんだぞ」

淳志は何も言わずにぷいと横を向いた。兄はそんな弟の肩を「生意気だ」と小突いた。

いつのことだっただろうか、淳志の机の上に例の辞書が置いてあったことがあった。兄が置き忘れたのだろうと、勝手に使ったらまた怒られると思った淳志は、それをそっと兄の机の上に戻した。その辞書にはそれ以来触れていない。淳志は高学年になった時、母親に自分だけの辞書を買ってもらった。それは兄のとは違い、でっかくない大人びたものだった。

淳志は本棚の辞書に手を伸ばした。長い間、そこに置かれたままのケースの上には埃が層を作っていた。淳志は埃が舞い散らぬよう、ゆっくりとケースから辞書を引き出す。あの時、兄が初めて調べたイカのページをめくる。初めて調べた言葉がイカだなんて、どんな兄貴だと、淳志はくすりと笑った。小学生向けの辞書には挿し絵が書いてある。そういえば兄はスペインで食べるイカのフリットが最高だと言っていた。淳志が日本のイカフライと一緒だろと言っても、何かが決定的に違うんだと言っていた。その兄はもう一度スペインでそれを味わうことができるのだろうか。未だベッドで眠る兄の顔を思い浮かべながら、淳志はぱらぱらとページをめくっていく。古い紙の匂いが鼻先をくすぐる。

あの時、祖父が言っていた言葉が頭をよぎる。

「知りたいことは何でもこれに書いてあるんだ」

自分が今、知りたいこと。それは兄とまた話ができるのか、もう一度あの憎まれ口を聞けるのかということ。その時、一つの文字に淳志の手が止まった。

「奇跡」

ふと兄の声が耳元で聞こえた気がした。以前、兄がモンセラットという場所について話をしてくれたことがある。そこの教会にある黒いマリア像、彼女に祈りを捧げるためにスペイン全土から信者たちがやってくるそうだ。病気を患った人、家族を失った人、様々な苦しみを抱えた人々がそこを訪れては救いを求めるという。淳志はその話を聞いた時、

「そんなことしても意味なくない？」

と首を傾げたのだが兄は大袈裟にため息をついて「本当、バカだなお前は」と首をふった。

「意味があるとかじゃなくて、信じるかどうかだろ？　スペイン人ってさ、俺が思うに世界一奇跡が好きな人間たちなんだよ」

その時の兄の言葉がぐるぐると淳志の頭の中をかけめぐっていく。信じるかどうか……。

淳志はゆっくりと辞書を閉じた。そしてケースに戻そうとしたその時、奥にくしゃくしゃになった紙があるのを見つけた。手をケースの奥に忍ばせる。何かの予感に淳志の心臓の鼓動が速まった。くしゃくしゃになった紙をそっと開いてみる。

　書いてある文字がぼやけて見えた。淳志は親指の腹で涙を拭った。そこには幼い兄の字で
「使わせてやってもいい」

　と書かれていた。

「なんだよ」

　淳志はくしゃくしゃになった紙を両手で包み込み、まるで黒いマリア像に祈りを捧げるかのようにそれを胸元へと引き寄せた。

【生きじびき】

森山　東

その男に会ったのは、祇園にある老舗お茶屋のカウンターバーでだった。

「おいでやす」の声に導かれ、お茶屋の日本間を奥まで進むと、しゃれた扇形のカウンターがあり、芸妓、舞妓がカウンター内に入り、酒を注ぎ、接待をしてくれる。艶々と黒曜石のように輝く島田の鬘《かつら》、血のように赤い珊瑚の簪《かんざし》、新雪のような白塗りの顔、艶めかしい唇の紅、豪奢な着物、金糸、銀糸が縫いこまれただらりの帯。時折、巻き起こる嬌声。

それら全てが現実のいやな出来事から逃れるため、祇園が用意した設《しつら》えだった。

「宮田さん、今日はおビールがよう進みますなあ」

芸妓の章佳《ふみか》司《ず》が大きな目をさらに見開いて、コップに注いでくれる。

「そう、今日はがーっと飲んで、べろべろに酔いたい気分なんだよ」

「あら、珍しおすな。何かおましたんか?」

章佳司の目が探るように光った。そう、会社であったんだ。信じられないような私のミス。

「なあ、章《ふみ》ちゃん、人生もう一度やり直すとしたら、いつの頃に戻りたい?」

「そうどすなあ。うちは小学生に戻りとおす」

「俺は大学生。もう一度学生に戻って、就職をやり直す。会社を変えて、ついでに嫁さんも変えたいよ」

酔っぱらっていたのだろう、結構大声でそう言った時、カウンターバーの端にいる男と視線が合った。男はニヤリと笑い、座っていた席から立ち上がると、私に近づき、「ここ、よろしいか?」と言って隣の席に座った。

銀縁のしゃれた眼鏡をかけている。蝦《えび》色の派手なブレザーを着ている。一目見て、勤め人ではない。事業家の洒脱さを全身から漂わせている。年齢がわからない。三十代にも、もっとずっと上にも見える。黒々とした髪をオールバックにまとめ、屈託のない笑みを小顔に貼り付けたまま、席に着くやいなや、さーとしゃべり出した。

「ようお見かけするお顔やし、いっぺんお話ししたいと思てましてん。へえ、怪しいもんやおへん。このお店の近所で料亭やっております、平尾います。よろしゅうおたのもうします」

男は笑顔を絶やすことなく、素早く名刺を渡す。「お座敷プロデューサー　祇園の銀ちゃん　平尾銀次」と書かれ、男が着物姿で舞妓とお座敷遊びをしている写真が刷り込んである。章佳司《ふみかず》がすかさずフォローする。

「祇園の生き字引。ほんまの遊び人どす」

ははは、と男は歯をむき出して笑い、

「そんな、生き字引やなんて、どんな年寄りなんやと思われますがな。まだ三十六やのに」

ははは、とまた男はけたたましく笑い、煙草に火を点ける。その喧騒《けんそう》ぶりが暗い気持ちを抱えた私には妙に快い。

「にいさん、お名前は……宮田さんですか。かっこええお名前どすなあ。

宮田さんもなかなかの遊び人ですやろ。いや、わかります。だいぶ祇園に授業料払たはりますな。そやけど、にいさん、祇園のほんまの遊びはまだ、知らはりませんやろ？」

「ほんまの遊びって何です？」

「そうやね、たとえば、生きじびき」

「生き字引？　生き字引って、平尾さんのことでしょ？」

「いえ、舞妓とするお遊びに、生きじびき、いうのんがあるんです。よかったら、宮田さん、いっぺんやってみません？　面白おすえ。やり出したら、はまってしもて、家に帰りとなくなりますえ」

「いや、今でも家に帰りたくないんだけど」

と、切り返した私の背中をぽんと叩き、銀ちゃんは「ひゃははは」と大げさに笑って、すっと立ち上がった。

「ほな、善は急げや。宮田さん、今から、やりに行きましょう」

私は慌てた。

「今から？　ちょっと待って。それって高いんでしょう？」

「心配しんでよろし。宮田さんは、身だけ持って来てください。身でっせ。身銭違いまっせ。はははは。さっ、行きましょう」

銀ちゃんはニヤニヤ笑いながら、私の腕を取った。その意外な力の強さに驚き、私は縋《すが》るように章佳司《ふみかず》を見た。章佳司の心配そうな顔が、一瞬、妻の顔に重なった。

花見小路から路地に入り、それからまた細い路地に入り、を繰り返しているうちに、私は今どこにいるのかわからなくなってしまった。銀ちゃんは上機嫌で、「ここ、ここ、着きましたえ」と廃屋のような京町家の前に立ち止まり、カラカラと格子戸を開けた。

家の中は真っ暗だった。銀ちゃんはポケットからペンライトを取り出し、点けた。三和土《たたき》、上がり框《かまち》が浮かび上がる。

「さあ、行きまっせ」

靴を脱ぎ、銀ちゃんについて廊下を歩く。廊下は埃や砂のようなものでざらざらしていた。ペンライトの丸い光が襖《ふすま》を照らす。

「ここやここ、入りましょ」

襖が開いた。ささくれ立った畳が露わになる。銀ちゃんは構わずペンライトで探るように部屋の中を歩き回り、燭台を捜し当てると、マッチで次々に火を点《つ》けた。金屏風、畳、座布団が蝋燭《ろうそく》の光でぼんやりと浮かび上がった。全てが古びてぼろぼろのようにみえたが、闇がそれを巧みに隠していた。

「宮田さん、はよ、座って。生きじびき、早速始めますさかい」

銀ちゃんは私を座布団に座らせると、「おーい」と暗闇に向かって声をかけ、パン、パンと手を叩いた。

「へーえ」と若い女の声がした。襖の開く音がし、忍びやかな足音とともに、紺地のお稽古着を着た舞妓が入ってきた。舞妓は「おにいさん、おおきに」と言って、畳に三つ指をついてお辞儀をしたかと思うと、私の目の前で背を向けて立った。そして、するすると帯を解くと、お稽古着をあっという間に脱ぎ、足元にすっと落とした。私は息を呑んだ。舞妓は着物の下に何もつけていなかった。白い足袋を履いただけの全裸の舞妓は、私に背を向けたまま正座した。蝋燭の光を受け、舞妓の背中と豊かな尻が白々と浮かぶ。

唖然《あぜん》とする私に、銀ちゃんは新品の毛筆を渡した。

「これが生きじびきです。舞妓の背に、意味を知りたい言葉を書いてください。舞妓が答えますさかい。ただし、祇園に関する言葉だけでっせ。赤字国債、とか書いてもあきませんで。ははは。さあ、どうぞ、どうぞ」

驚愕よりも好奇心と欲情が勝った。私は筆を取ると、身を乗り出して、舞妓の裸の背に筆を走らせた。

「お・み・せ・だ・し」

白い肌に全神経を集中させ、舞妓は懸命に字を読み取っているようだった。そして、

「お見世出しいうのんは、仕込みさんが舞妓になることどす。うちのお見世出しは去年の十月どした」

とたどたどしく答える。そのエロスと清楚さに私は夢中になった。

「え・り・か・え」

舞妓が体をくねらせ、喘ぐように言葉を絞り出す。若い女のむせるような匂いがお香のように部屋に立ちこめる。

「衿替いうのんは、舞妓さんが芸妓さんになることをいうのんどす。舞妓の赤い衿が芸妓の白い衿になるから、衿替いうのんどす」

答えが短く、可愛い。私はこの「遊び」にのめり込むにつれ、少しでも長い答えを聞きたくなった。さらに、質問の言葉も長くすれば、筆は尻にまで及ぶ。彼女はそれでも読み取れるのか、俄然《がぜん》試したくなった。

その時、私の頭に忽然と浮かんだのは、ある人名だった。なぜ急にその名が出てきたのか、未だにわからない。やはり、導かれていたのかもしれない。しかし、その時はただ長い言葉をとの思いだけで、私はゆっくりとその名を書いた。

「も・る・が・ん・お・ゆ・き」

「き」は尻にまで及んだ。しかし、舞妓は正確に読み取った。読みとった瞬間、彼女が、はっと息を呑んだ気配が伝わってきた。にこにこ笑って見ていた銀ちゃんの顔も、驚きで引き攣《つ》っている。

「やはり、にいさんは選ばれた人やったんや」

舞妓は黙って立ち上がった。私は思わず聞いた。

「答えは？」

凛とした声が返ってきた。

「百聞は一見にしかず、どす」

えっと戸惑う私に、舞妓は背を向けたまま、左手を私に向かって伸ばしてきた。

「にいさん、握っておくれやす、という意味でっせ。にいさん、遠慮せんと」

銀ちゃんに促され、私は憑かれたように舞妓の手を握った。ぞくっとするほど冷たい手だった。

「こっちどす」

足袋だけを身につけた舞妓の白い体が操り人形のように動き出した。部屋を出て、廊下を静々と歩いていく。真っ暗な廊下だったが、隅々に置かれている行燈に銀ちゃんが火を入れていく。廊下の先に離れのような部屋が見えた。その部屋の襖が少し開き、今しがた誰かが入ったのか、うずくような、ぼんやりとした橙色の光が漏れている。それを見たとたん、私はわけのわからない恐怖にかられた。思わず立ち竦《すく》んだ私を鼓舞するかのように、舞妓は私の手をぎゅっと握り返してきた。

「モルガンお雪、いうのんは、加藤楼の芸妓の雪さんねえさんのことどす。アメリカの大金持ちのジョージ・モルガンさんに見染められて、結婚しはったんどすけど、ねえさんには、京大の学生さんの川上さんいう恋人がいはって、ほんまは川上さんと結婚したかったんどす。自殺寸前まで思い詰めはったんどす。今でもねえさんは思ったはるんどす。もういっぺんやり直したいと。川上さんと一緒になりたいと」

舞妓は私を引きずるように再び歩き出す。

「おい、待て、やめろ」真剣な言葉が私の口から飛び出た。

「何いうてんのや。あんた、学生からやり直したい言うてたやろ。あんたにぴったりの話やないか」

銀ちゃんは笑いながら言ったが、目は笑っていない。離れの部屋から、聞いたことのない楽器の音色が聞こえてきた。舞妓はくすりと笑って、付け加えた。

「雪さんねえさんは、胡弓《こきゅう》の名手どした。ねえさん、待ち切れへんのやなあ」

舞妓の歩みは止まらない。この時初めて、私は舞妓の顔をまだ見ていないことに気づいた。いや、この舞妓、顔などないのかもしれない。そう思った瞬間、私の全身から汗が噴き出した。どうすればいい、ここから抜け出すには。もう部屋は目の前だった。

咄嗟《とっさ》に私はまだ右手に持ったままの筆で、舞妓の背に文字を書いた。舞妓がびっくりしたような声で読み取った。

「つ・ま・あ・い・こ、む・す・め・み・さ・き」

舞妓の歩みが止まった。ぶるっと体を震わせる。私はためらうことなく続けた。

「こ・こ・ろ・か・ら・あ・い・し・て・る」

舞妓はがくんと首をうなだれた。離れの部屋の灯りも、胡弓の音も同時に消えた。筆を持つ私の手を怒ったように銀ちゃんは摑んだ。

「やっぱり、にいさん、ほんまもんの遊び人になれんわ。舞妓が肌をさらしてんのに、そこに嫁さんと娘の名前書くなんて、ほんまに無粋な人間や。わしの見込み違いやった。まあ、もうちょっと修行してから、ここには来てもらわんとあかんな」

私はその時の銀ちゃんの心底軽蔑したような、それでいて、優しく諭すような目を忘れることができない。

その後すぐに私は転勤になり、京都からも祇園からも足が遠ざかった。数か月が過ぎて、たまたま接待の下見で花見小路を歩いていた時、私は銀ちゃんの後ろ姿を見かけたのである。

銀ちゃんはやはり蝦色のブレザーを着て、スーツ姿の中年男と歩いていた。男は、話しかける銀ちゃんに何度も頷いていた。私は近づき、忠告しようとした。しかし、顔の半分を向けた男の目が、人生からの逃避で輝いているのを見て、私は躊躇《ちゅうちょ》した。躊躇しているうちに、二人の姿は祇園の路地に消えていった。

夢

【夢の中で宙返りをする方法】

タイム涼介

学校の帰り道、雲は随分と速く太陽は途切れ途切れで、景色は青に偏っている。山の斜面にはびっしりと団地が刺さっていて、それを囲むように一戸建てのモザイクと、所々に空き地と畑が塗られている。頂上から吹き降ろす風は立方体を掻《か》き分け、街のステンレス部分にタッチした後でワイヤーで踏ん張るアンテナを振るわせる。ギリリリン！　街鈴が轟く。

コーヒーを掻き集めている。

辞書に無い言葉を探しながら、コーヒーを掻き集めている。一人暮らしをしていたのはもう随分昔のことだが、その頃テーブルの上のカップは大抵ひとつだった。

それは別段変わったことでもないが、なぜ二人となると、こう三つも四つも並ぶのだろう。あるいは五つということもある。

どちらかが怠慢であるとは思えないのだが、甘え、遠慮、もしかしたら愛情、複数の要因がカップの数を増やすらしい。

乱立したカップから僅かに残った「要因」達を掻き集めて、ひとつのコーヒーを完成させたら電子レンジに入れて一番大きいボタンを押す。今更、味に期待は持たない。

どうせ辞書に無い言葉を探しているうちにすっかりさめてしまうはずだから。

私は漫画を描いている。今日は原稿の締め切りとは違う、別の約束された日で、次回は何を描くのかという出版社側の不安を解消する日だ。その為の手土産が、私の場合はいわゆる「辞書に無い言葉」ということになる。勿論不安なのはむしろ自分の方なのだが。

私は、作品の中に辞書に無い言葉を入れたがる。賢く思われたかったり、ユニークに思われたかったり、まあ若さ故のいやしい気持ちで始めたことなのは否定できないけれど、今となってはすっかり取り憑《つ》かれてしまったように外せない。最初のひとことさえ見つかれば、後は全て自動的に体がこなしてくれる。約束の時間までにそれが見つかったなら、眩《まぶ》しいだけだった窓の外に、くっきりと輪郭が引かれて、待ち合わせ場所への道のりも迷わずに歩けるというものだ。

奇声をあげる女の子。ソファーをよじ登りついたて代わりの植木を掻き分け、隣の席を覗く男の子。昼食時のファミリーレストランでの打ち合わせは、パチンコ屋で話すのと近いものがある。フィーバー中の騒音の中で、私と向かい合ったその男は驚くほどの集中力を発揮している。まるで目を閉じて手の中にある漆器を撫でまわし小さな凹凸を探っているような……。

「これはなんて読みますか?」

「街鈴?」

「がいりん?」

やはり真っ先に小さな異物に気が付いたようだ。

「まあどのように読んでもいいのですが、語呂がいいのでそれにしましょう」と、あえて一番まずい答えを口にしてみる。

「有名ですかこの言葉は？」この会話は何度目だろうか？

「いいえさっき考えました」

「他のストーリーの部分は面白かったのですが、ここだけちょっと引っかかっちゃうんですよね」……言葉とはそういうものだろうな。実際ヒットしている作家はこんな無意味で幼稚な自己主張は必要とせず、滑らかに心に入り込む言葉を使い、勿論、絵もそれと同じなのだろう。

答えは出ている。異物を取り除く。

今日は素直な方だ、一度負けて本当に書きたい言葉を次回で書くために、ひとつ貸しを作るのだ。負け惜しみに心でそう呟《つぶや》く。そもそも辞書を知りつくしたわけでもないのに、辞書に無い言葉を使おうなどということが間違っているのだろう。……しかし間違いは楽しいから。

意外にも晴れやかな気持ちで帰路につけるのは、こんな私にも僅かだが支持者がいるからに違いない。

若者の町、小さなライブハウス。数年前の自分には、なかなか居心地の良くない場所であった。さえないミュージシャンが片っ端から声をかけた友達に、小遣いをせびる場所。

この酷《ひど》い言い草は、防音扉で跳ね返り、今、確実に自分の背中に突き刺さっている。

ヒット作に乏しい中堅漫画家は、節操なくイベントで顔を晒《さら》す。

勿論私のことだ。つたないトークや紙芝居、迷った果ての映像作品。ギャランティが交通費を上回ることは稀《まれ》だが、そもそも小遣いは目的ではなく、欲しいのは、普段恵まれないお褒めの言葉だ。

「昔から読んでます！　大ファンです」……そいつを聞きに電車で来た。

おそらく隣にいる漫画家にも同じことを言うだろうけどそんなことは気にしない。

「あんな面白い言葉どうしたら浮かぶんですか？」

「自然に……こう……降りてくるっていうか」

嘘だ。

穴が開くほど壁を見つめてコーヒーを掻き集めながら苦しむのだ。でもその嘘は単なる格好つけから出たものではなく、上手く例える言葉が見つからないからでもある。職業柄、二倍の情けなさだ。そろそろ分からないことは分からないと言える勇気がついてもいい頃だ。ただ、中には失敗も含めて私の答えに期待している人もいるだろうからいじらしく答えを用意してしまうのだ。

そして最近やっとぴったりの答えが見つかった。ぴったりの間違った答えが。少し偉そうだけど、その答えをもって、この話を締めくくらせていただこう。

辞書に無い言葉を見つける方法は夢の中で宙返りをする方法とよく似ている。残念な顔が目に浮かぶけれど、そういうことなのだ。実際そのふたつのことには、同時に随分と悩まされてきた。

私が売れない理由のひとつに筆が遅いということがある。致命的だ。全ての用事にしわ寄せが行き、取材も勉強も十分に出来ないという事態に陥る。それでは眠る時間を減らせばどうだ、いやそれも、もう交渉できないところまで削った後だ。ましてや私の睡眠時間は散歩の時間と重なっていて、睡眠中に散歩を済ませることにしているのだ。

夢の中で宙返りを試みる。そのきっかけはやはり漫画なのだが、締め切り間際になると必ず何かに追われる夢を見る。漫画みたいな話だが、これが多くの漫画家の現実だ。

学校の帰り道、雲は随分と速く太陽は途切れ途切れで、景色は青に偏っている。山の斜面にはびっしりと団地が刺さっていて、それを囲むように一戸建てのモザイクと、所々に空き地と畑が塗られている。頂上から吹き降ろす風は立方体を掻き分け、街のステンレス部分にタッチした後でワイヤーで踏ん張るアンテナを振るわせる。ギリリリン！　街鈴が轟く。

「小学校の帰りか……」「家は坂の途中にしようか……」慣れたように今日の夢の設定を確かめる。好きな子がいたはずだな、同じ学校なんだからきっと家も近いはず、そうだあの大きな家に住んでいることにしてあの子に会いに行こう。

いくつかの恋愛を経験した今の私の知識なら上手く思いを伝えられるに違いない。夢の中なら何度でもやり直せる。これ以上睡眠時間を削ることが出来ない理由はこの捨てがたい自由にあるのだ。……しかし私は気付いていない。今は締め切り前だということを。……夢の中にいることを認識するのは大人にとってたやすいが、それでも現実世界の詳細を持ち込むのは困難だ。冷たい予感が走る。階段状に連なった一戸建てのふもとにポッカリと出来た茶色を右手に通り過ぎる。その茶色は目のふちで見ても畑だとよく分かったが、黄色い俵状のモノがうごめいている。仕方無しに眼球を90度右に回す……。「ライオンだ！」畑にライオン、そこで全てを思い出したが、即座に次の行動を選択しなければならない。初めてライオンに出くわした時はがむしゃらに走ったが、道端で簡単に捕まった。前回は壁をよじ登ったが、いつの間にか両サイドから現れ退路を塞がれた。

最終的には、伝家の宝刀「起きる」の呪文で現実世界へと逃げ帰るのだが、これもそれなりに苦痛を伴う。食われるよりはずっとマシだが……ただし今回の私には、もうひとつやれることがあった。この日の為に練習してきたのだ。

ライオンが立ち上がり私に照準を合わせる。お互いスタートのピストルを待つ形だが、そこはいつもどおりライオンのフライングで強制スタート。無論心は穏やかではないが、ある一点に集中させる。「屋根の上だ！」

坂道に沿って階段状に建てられた民家は常に一軒分余計に高さがあり屋

根までの高さも同じくだ。背後に迫るライオン……。次の瞬間気配は急に小さくなる。「飛べた！」「大ジャンプだ」

いくら夢の中でもそれを自由にこなすのがいかに難しいかは、一度でも夢を見たことがあれば分かるはず。これは練習の成果で、コツがある。ジャンプすることよりも、先に着地の瞬間の映像を強くイメージするのが大切で夢の場合時間の流れは多少自由が利く。着地成功の後で、ジャンプ中の快感も確実についてくるのだ。もうライオンのことはすっかり忘れ屋根から屋根へ、そしてもっと空高く舞い上がる……。

と、ここで全能感に気をよくした私は、街の上で宙返りを試みた。……が、「できない」

夢の中で足がもつれて走れないという、あの感覚が全身をよぎる。なんという屈辱……何故だろう、いやどれだけ考えようとしても無駄だ、脳を休める為に眠ってるのだから。苦しい、悲しい、死んでいくように私は目覚めた。「起きる」の呪文を使ったときと同様の脂汗に包まれながら……。

コーヒーを掻き集め、冴えた頭で考える。ジャンプが出来て宙返りが出来ない理由はどこにあるのか。意外にすぐ分かった、たくさんの建物、景色、それらを宙返りという経験の無い角度で、かつ素早く映像化することが、私の脳では出来なかったのだ。しかもジャンプするのと違い、宙返りは、始まりと終わりが、同じ体勢になるので、時間を飛び越えて結末をイメージしようとすると混乱するようだ。散々悩んだ挙句、それらを踏まえて解決法をあみだすことに成功した。辞書に無い言葉を見つける方法。

私は、机を離れ布団の中に沈み込む。散歩の時間だ、見慣れない街が妙に懐かしく夕飯時に輝いている。二、三歩跳ねて舞い上がり街の上で身体を反らせるその刹那。

私は私を見ていた。私の目の前で私は見事に宙返りを成功させた。つまり視点を一人称から三人称に変えることで、辛くも映像化を可能にしたのだ。

辞書に無い言葉……。

それは規則の中では解決できないものと対峙した時、おのずと生まれるものなのだろう。

反則を咎《とが》められることも無く、笑み満面で宙を舞う私、私は腕を組み、それを眺めてる。しかたないなと苦笑いをうかべながら。

【占い】

藤井青銅

「紆余曲折あってね」

と男は言った。

「ここにいらっしゃる方はだいたいそうです。で何を占いましょう?」

低い声で答えたのは、女占い師だ。しかし男は、

「いや、私が占いをしたいんだ」

「は?」

狭い部屋だ。三面の壁には黒いビロードの布。照明は薄暗く、ほのかにエキゾチックな香《こう》が匂う。テーブルには水晶玉が置かれていた。

「…それは、どういうことでしょう?」

男は、これまでの人生を語った。脱サラで会社をおこし、最初は商売が

うまくいき、やがて愛人を作り、妻と離婚。そのうち会社が傾き、共同経営者に金を持ち逃げされ、愛人も去り、借金のカタに家を失い、無一文に……と。

「それで、一からやり直そうと？」

「いや。もう夢も希望も、未来もない。どこか高いビルの上からでも飛び降りよう…と街をふらついていたら、この『占い館』の看板が目に入ったんだ。なるほど、占い師なら元手ゼロ・口先三寸で商売できる。手っ取り早く金を稼ぐ占いのやり方を、教えちゃもらえないか？」

こんな言い方をされて怒るかと思いきや、女占い師は静かに、

「……いいでしょう」

と立ち上がった。

片側にあるビロードの布をあける。壁一面が本棚になっていて、「占星術」「風水」「気学」「タロット」など、占いの専門書がぎっしり並んでいた。彼女はそこから一冊の書物を取り出し、男の前に置いた。

「これは?」

男は驚いた。どう見ても、ただの国語辞典にしか見えなかったのだ。

「これは魔法の辞書です。あなたに〝辞書占い〟の方法を教えましょう」

＊

女占い師に教えられた通り、男は辞書一冊を持って街に出た。指定された場所で、占いの看板を出す。

やがて客がやって来た。ＯＬだ。男はおもむろに辞書を取り出した。

「あのう…、それって、ただの国語辞典では？」

ＯＬは怪訝《けげん》な顔をする。当然だ。

「かのアナトール・フランスは、辞書のことを『アルファベット順に置かれた宇宙』と言っています。この世のすべては一冊の辞書の中にあるのです」

と、女占い師に教えられた口上を述べる。実は彼は、アナトール・フランスが何者かということも知らなかったのだが。

「これは日本語だから、『アイウエオ順に置かれた宇宙』です。あなたの過去・現在・未来、すべての運命は、この辞書の中に記されています」

「は、はあ…」

「では占ってみましょう。心の中で、悩みごとを深く念じてください」

言われるまま、ＯＬは辞書を胸にあて、目を瞑《つぶ》って念じてから、パッと開いた。

「開いたページがあなたの『現在』を表わします。この中に、あなたの悩みに関する言葉があるはずです。何でしょう？」

「………【見かけ倒し】かしら」

「ほう。それは、誰かが見かけ倒しということですね。会社の人か、友人か、それとも恋人？」

「そうなんです。実は…」

と彼女は恋人がいかに見かけ倒しであったかについて愚痴った。それを十分聞いてやってから、男は続けた。

「現在の原因は過去にあります。では、一ページ前をめくって下さい。そこはあなたの『過去』を表わします。気になる言葉は？」

「……【見合い】。凄い、当たった！」

お見合いで知り合った相手とこのまま結婚すべきかどうか――というのが彼女の悩みだったのだ。再びその話を十分聞いてから、男は言った。

「今度は最初開いた『現在』のページに戻って、その次をめくって下さい。そこにはあなたの『未来』が記されているのです」

ＯＬはおそるおそる辞書のページをめくった。彼女の目に飛び込んでき

た言葉は、

「【ミサイル】!?　彼にミサイルを撃ち込めってこと？」

「……い、いえ。キーワードは、そのそばにある【未婚】では？」

「ああ！」

「どうやら、結婚はまだ早いようですね」

「ありがとうございます！　これで決心がつきました」

彼女は辞書占いの不思議さに驚き、感激し、帰っていった。

だいたい人は、悩みがあるから占い師の元へやってくるのだ。だから、占い師の役目の半分は相談者の話を聞いてやること。あと半分は、そこから導き出されるアドバイスを言ってやることだ。その際、手相やタロットや水晶玉の、占いらしい小道具があると効果的。ならば、それが魔法の辞書であってもいいわけだ。

この国語辞典には約七万語が収録されていた。見開き二ページにある項目は八十ほど。「過去」「現在」「未来」分でその三倍。これだけあればどこかに、悩み事に関連付けできる言葉があるものだ。

それにこの方法だと、相談者は自分から問題の核心に近づいていく。男はそれを手助けするだけでよく、時に別の項目に誘導することもできる。元々口のうまい彼に、それは造作もないことだった。

こうして、男の辞書占いはよく当たると評判になった。口コミで客が客を呼び、行列ができるほどになった。

「ここらで、バーンと積極的に勝負に出よう！」

彼はテレビ局に売り込んで、『驚異の的中率。話題の辞書占い！』という特集を組んでもらうことに成功したのだ。

生放送のスタジオで、男は番組が用意した中年女性に辞書占いを行った。やつれた表情の彼女は、バツイチ・子連れ。再婚に関する相談だった。男は、「離婚の原因は夫の暴力」、「子供は小学生」、「再婚を考えている相手もバツイチ」……などを、自分でも驚くほどズバリズバリと当てた。彼女が辞書から選ぶ言葉に従うと、自然にそうなるのだった。

最後に未来のページを開き、再婚はうまくいくだろうと占うと、彼女は感極まって泣き出してしまった。スタジオは感動に包まれた。

（これで辞書占いは爆発的な人気になる！）

と男は確信した……のだが、そのあとが違った。ＣＭ明けに、司会者が言ったのだ。

「さあ、もう一度出てきていただきましょう！」

いったん引っ込んださっきの相談者が再び登場した。さっきとは見違えるほど若々しい。彼女はニッコリ笑って、実は役者であると告白した。バツイチでも、子連れでもなかった。なんとこれは「ドッキリ企画」で、男の辞書占いはインチキだと笑いものにされたのだ。

辞書占いの評判はあっという間に地に落ちた。客は誰も来なくなり、男は再び無一文になった。

やがて、男は高いビルの屋上に立っていた。遥か下に、車がミニカーのように見える。ここから飛び降りれば、ひとたまりもないだろう。

「結局はこうなるのか…」

この世に別れを告げることにした。が、最後に、男はふと思い立った。

「そうだ、自分の人生を占ってみるか」

目を瞑って、辞書を開いてみた。そこにあった言葉は…

うら‐ない【占い（▼卜い）】

「なるほど。現在の俺だ。当たってるな」

それから彼は、『過去』を示す前ページをめくってみた。そこにあった言葉は…

うよ-きょくせつ【紆余曲折】

「へえ、当たるもんだなあ」

と感心した。それからゆっくりと、『未来』のページをめくった。そこにあった言葉は…

うら-め【裏目】

「驚いた。よく当たるな。たしかに、積極策が裏目に出たわけで…」

とつぶやきかけ、途中で気づいた。

「あれ？　おかしいぞ。これは未来じゃなく、現在のことじゃないか」

すると、

——ええ、現在のあなたから見れば未来のことなのです。

と低い声が聞こえた。男は驚いて、顔をあげた。

＊

目の前に女占い師がいた。周囲を見回すと、そこはビルの屋上ではなく、黒いビロードの布でおおわれた狭い部屋だった。

「ここは…占いの館？」

「はい。いま、あなたの未来を占ってさしあげたのです」

テーブルの上には国語辞典があり、その開いたページを、男は指差していたのだった。

「この魔法の辞書を差し上げます。占い師をやってみますか？」

男はちょっと考えてから、首を振った。

「いや、やめた。ここで【占い】を選ばなきゃ、別の未来もあるってことなんだろ？　もう一回、最初からやり直してみるよ」

男は晴れ晴れした表情になり、部屋を出て行った。

たしかにそれは、魔法の辞書なのかもしれなかった。開かれたページの【裏目】の下段には、こういう言葉も載っていたのだ。


うら-らか【▽麗らか】❶空が明るく…❷心にわだかまりがなく、晴れ晴れと明るいさま。

【二冊の辞書】

波多野都

机に向かうときは、いつも傍《かたわ》らに辞書を置く。子どもの頃も、作家になった今も、それは変わらない。辞書は良き話し相手になる。ときには疑問に答え、ときには発想のヒントをくれる。

「前から不思議だったんだけど、あなたってなぜ同じ辞書を二冊持っているの？」

妻は二冊の赤い表紙の辞書を左右の手に持ち、怪訝《けげん》な顔で尋ねた。

もう二十年以上前のことになる。当時、私はあるミステリー作家のアシスタントをしながら、物書きになることを夢見る青年だった。己の力不足と向き合わされる日々の中、夢は遠く霞《かす》んでいった。

あれは十月の終わりの黄昏時《たそがれどき》。私は憂鬱と絶望を引きずりながら、落ち葉の道を進んでいた。よほど猫背で歩いていたのだろう、地面が近かった。そのときだった。

突如、黒猫が視界を横切った。私が住んでいた六畳一間のアパートのすぐ裏は、老朽化した家屋が取り壊されて以来ずっと空き地になっていたのだが、そこから不意に道へ出てきたのだ。首輪はなく、毛並みもひどいものので、体のあちこちにこびりついたコールタールが、彼、あるいは彼女の送ってきた凄惨《せいさん》な暮らしを物語っていた。

いつもの私なら放っておいただろう。しかし、この日は違った。急いで自室へ駆け込むと、冷蔵庫に眠っていた食べられそうなハムやかまぼこなどを摑み、元来た道へ引き返した。弱いものに手を差し伸べることで、自分自身の弱さを償いたかったのだ。

猫はまだそこにいた。四つ足を踏ん張って、私を睨《にら》むように見ている。もともと目つきが悪いのかもしれないが、なんともふてぶてしい様相だ。これは「彼」だと決めて声をかけた。

「おいで」

近づく気配などこれっぽっちもない。私の呼びかけは虚しく宙に消えた。仕方なく、持ってきた食料を地面に置き、その場を離れた。

翌朝、彼が集積所のゴミを漁っているのを見つけた。しかし、私の置いたエサはそのまま残っている。ポツリと地面に残されたハムやかまぼこを通して、「お前からの施しなど受けるものか」と主張している気がした。

野良のくせに面白いヤツだな。

その日から、私は彼の存在を妙に意識するようになっていった。

いつから彼はここに住み着いていたのだろう。それからも気が向けばあまりものなどを置いてあげたが、彼の主張は一貫していた。施しものには手をつけない。だけど、ゴミ袋は、漁る。

それに気づいてから、私はわざとゴミの袋の口を少しだけ開け、中に猫が食べられそうなものを入れて捨てるようにした。猫はそのうち私のゴミ袋を心待ちにするかのように、遠巻きに見守るようになった。私たちの距離は少しずつ縮まっていった。

それにしてもこの猫、全体的にはかなり痩せているのだが、尻尾だけが異様に太い。しかも、尻尾の真ん中らへんだけが、不恰好に膨らんでいる。よく見ると、その部分は包帯が巻かれているようだった。包帯は埃やコールタールで汚れ、猫の黒い毛とすっかり同化していて、遠目ではわからなかったのだ。

子どもに悪戯《いたずら》されたのだろうか。それでこんなにも人間を寄せつけないのかもしれない。

私は彼の尻尾に手を伸ばした。包帯を解こうと思ったのだ。すると、気配を察した猫はくるっと体を回転させ、こちらを睨み、フーッと威嚇《いかく》した。なおも近づくと、跳ねるように逃げる。自分の体には指一本触れさせない、その強いまなざしに彼の意志が表れていた。

「お前がそのままでいいなら、それでいいよ。でも重くないかい？」

私の言葉などお構いなしに、猫は毛づくろいなど始める。余裕しゃくしゃくであることを見せつけているつもりだろうか。しばらく全身を丁寧になめたあと、尻尾の包帯の部分の匂いを嗅ぎ、猫はまったく唐突にこちらを一瞥《いちべつ》した。

黒く重い塊をのせた尻尾が、軽やかに数回振られた。

「見てみろよ。この尻尾をさ」

そう言っているような気がした。彼は包帯の巻かれた尻尾を誇示しているのだ。それからすぐに真っ直ぐ前を見て、いつものようにピンと尻尾を立てて歩み去った。

猫が人間に心を開くうえでの基準が、私には皆目見当がつかない。特に、あげた食料は口にしないくせにゴミ袋だけは漁る、ひねくれ者の猫の場合は。

彼はしばしば私の暮らす安アパートの窓辺にやってきては、私の仕事ぶりを眺めるようになった。腹が減ったわけでもなく、もちろん愛撫を求めるでもなく、ただ単に、自分にゴミをくれる人間の暮らしぶりを眺めてやろうとでも言いたげな、傲岸不遜《ごうがんふそん》な顔つきで窓の桟《さん》にちょこんと身を置いている。

こちらが手を差し伸べるとさっと身を硬くして、逃げてしまう。

それでも良かった。友人も恋人もなく孤独をかこつ私にとって、もの言わぬ薄汚い猫の存在は、心和むものであった。

今なら自分の作品を書けるかもしれない。そう思った私は、文机《ふづくえ》の引き出しに仕舞いこんでいた辞書を取り出した。

その時——予期せぬことが起こった。

猫が私の机へ飛んできた。低い唸り声さえあげていたように思う。彼はそれまでの距離感が嘘のように、開いた辞書にどっかりと乗りこんだ。そして、まるで古い友人に再会したかのように、細かな文字列で埋め尽くされた紙面に身をすりつけ始めたのである。

猫は長い間、辞書に体をこすりつけていたが、気がすんだのか、やがて離れて、身軽に窓辺へ戻り、変に気安い様子でこちらを振り返ると、風のように消え去った。

残された私は、突然の彼の行動に、ただただ呆気にとられていた。

それから数日後、私は思わぬ形で彼の秘密を知った。

その日、私は作家から頼まれた資料を探すため、少し離れた町の古本屋が並ぶ通りへ赴いた。そのうち一軒の古書店で足が止まった。店頭の「猫を探しています」の張り紙に思わず息をのんだ。

間違いない。今より随分と毛艶《けづや》がいいが、写真に映るこのふてぶてしい目つき、間違いなく彼だ。私は急ぎ、店の中へと足を踏み入れた。眼鏡をかけた中年女性が、奥のカウンターから「いらっしゃいませ」と声を掛ける。

「すみません。表の張り紙を見て……」

カウンターに進む途中、机に置かれた赤い辞書に目がとまった。

「この辞書！」

たちどころに思いだした。家にある赤い辞書もこの店で購入したのだった。まだ学生の頃だから四年ほど前のことだ。

あの頃、店のカウンターには、偏屈そうな顔をしたおじいさんがいたはずだ。そして、おじいさんの膝もとには、黒い猫——。

女性はおじいさんの娘だった。おじいさんが亡くなったあと、店を継いだという。私が事情を話すと、感嘆したり涙を浮かべたり、ちいさな笑い声をあげたりした。

「クロベエは野良猫だったんですが、喧嘩をして傷だらけになっていたところを父が助けたんです」

「ということはクロベエの尻尾の包帯は」

「父が手当てしたときのものです。ただ、さすがに拾ってきたときのものではなくて。あの子、しょっちゅう外に出ていっては喧嘩ばかりしてたから……。怪我するたびに父が手当てしていたんですが、手先が不器用な人だから、包帯を巻くたび、バウムクーヘンみたいになってしまって」

「アイツは気に入ってるようですよ」

それを聞くと、娘さんはふっと目を細めた。

「クロベエは包帯の巻かれた尻尾をピンと立てて、父を待ち続けていました。何度も何度も、聞いたことがないような悲しげな声をあげて。父がもういないということを……信じたくなかったんでしょうね。しばらくすると、ふっと姿を消してしまったんです。探しに出たのかもしれません」

私は娘さんが出してきた、おじいさんに抱かれた猫の写真を眺めた。その尻尾には真白な包帯が巻かれている。

そうか。お前の尻尾の包帯には、おじいさんとの幸せの記憶がいっぱい詰まっていたんだな。だから解こうとするのをあんなに拒んだのか……ごめんな。

「父は辞書をクロベエに読み聞かせていたんです。売り物だからって私が注意してもへっちゃらで、手近にある辞書を開いては、一ページ一ページ、まるで赤ん坊に言葉を教えるみたいに……」

「僕がこの店で購入した辞書にも、お父様の匂いがついていた、ということですね」

「ええ。この辞書は父とクロベエを繋ぐものでした」

そのとき、店の外から、小学生くらいの女の子が「ただいまー」と帰ってきた。女の子の握るリードの先には、子犬の姿があった。

「血筋なんでしょうねえ。クロベエがいなくなってから、あの子、すぐにその犬を拾ってきちゃって……」

子犬は人懐っこく、私の手をなめ始める。

もしかすると、クロベエは人知れずこの家に帰り、この屈託のない新しい住民の姿を見て、家族には何も告げずに立ち去ったのではないか——そんな光景が一瞬、脳裏をよぎった。

「よかったら、これ、クロベエに持っていってくれませんか」

差し出された赤い辞書を、私は取り繕《つくろ》った微笑で受け取った。

帰宅すると、私は机に辞書を置き、クロベエが現われるのを待った。まるで匂いを嗅ぎつけたように、日が落ちる前に彼は来た。いつものようにひょいと窓辺に現われると、一直線に机に飛び移った。

クロベエは古い辞書の匂いをくんくんと嗅ぐと、やおら身体を横たえ、すぐに頭を乗せて眠った。

以来、クロベエは私の机の上で眠るようになった。春も、夏も、秋も、冬も、おじいさんの辞書に頭をちょこんと乗せて眠っていた。

私は二冊の辞書を前に、ただひたすら文字を書き続けた。いくつもの物語を紡いだ。物語が生まれる傍らにはいつもクロベエがいた。

月の光が細かな霧を作っているかのような、白い夜だった。

クロベエはいつものように、私の机の上に置かれたおじいさんの辞書に頭を乗せて眠っていた。しかし、いつもとは様子が違った。おなかのあたりが大きく波打ち、息遣いも荒い。

「クロベエ」

呼ぶと、包帯をまいた尻尾をかすかに振った。

クロベエは幸せの記憶を辿るかのように、ゆっくりとゆっくりと、尻尾の指揮棒を揺らしていたが、やがてひとつ、大きく息を吸った。

そしてそのまま動かなくなった。

最後に、大好きだったおじいさんの匂いをいっぱいに吸い込んで、クロベエは旅立った。

クロベエは自分を助けた人間のことを忘れることなく信頼し、愛し抜いたのだ。この小さな体で。私ははじめてクロベエを抱き締めた。まだ、あたたかい。しかしぬくもりは少しずつ遠くなっていく。

「もう向こうでおじいさんに会えたか？」

言って、クロベエの顔を覗き込んだ。口の両端が上がり、まるで微笑んでいるかのように穏やかな顔だった。

翌日、クロベエを埋葬するため、私は無造作に椅子の上に置いていた上着をはおろうとした。その時、はじめて気がついた。私の上着に黒く柔らかい毛が、たくさん絡みついている。私がいないとき、クロベエはここで眠っていたのだ。クロベエはおじいさんだけでなく、私のことも認めてくれていたということか。

無性に嬉しかった。家族になれた気がした。

「クロベエ、すまないがこの辞書、しばらく私に貸してくれないか。お前のおかげで私は……書けたんだよ」

そう言って、私は箱の中で眠るクロベエの頭を撫でた。クロベエは相変わらず微笑み顔で眠っているが、昨日よりわずかに口角が上がり、悪戯っぽい笑みに見えた。

「しょうがねえな。いつかちゃんと返せよ」

まるでそう言っているかのようだった。

「ありがとう……」

この言葉しか出なかった。クロベエに、そしてクロベエに出会わせてくれたこの世界への感謝の気持ちは、いつの間にか涙という形で溢れ出していた。


今日も赤い表紙のこの辞書に励まされ、私はものを書いている。

明川哲也【あきかわ・てつや】作家・道化師。一九六二年生まれ。一九八〇年にドリアン助川の名前で「叫ぶ詩人の会」を結成。その後、筆名として明川哲也を加え、小説家としての活動も開始。主な著書に『花鯛』(文藝春秋)、『星の降る町〜六甲山の奇跡』(メディアファクトリー)、『大幸運食堂』(PHP研究所)、『あん』(ポプラ社)など。

戌井昭人【いぬい・あきと】劇作家・小説家。一九七一年生まれ。文学座付属研究所を経て、一九九七年にパフォーマンス集団「鉄割アルバトロスケット」を旗揚げ。二〇〇八年に小説家デビューして以降、計三度、芥川賞の候補に挙がる。主な著書に『まずいスープ』『ひっ』(ともに新潮社)、『俳優・亀岡拓次』(フォイル)、『ぴんぞろ』(講談社)など。

大竹聡【おおたけ・さとし】ライター・作家。一九六三年生まれ。二〇〇二年に『酒とつまみ』(酒とつまみ社)創刊。『酒呑まれ』(ちくま文庫)、『ギャンブル酒放浪記』(本の雑誌社)、『ひとりフラぶら散歩酒』(光文社新書)ほか、酒にまつわる著作多数。二〇一〇年から小説家としても活動を開始し、二〇一三年に『愛と追憶のレモンサワー』(扶桑社)を刊行。

タイム涼介【たいむ・りょうすけ】漫画家。一九七六年生まれ。高校在学中に「ヤングマガジン月間新人漫画賞」(講談社)に入選しプロデビュー。独自の言語感覚とシュールな画風でコアなファンを獲得する。現在『I.C.U.』(コミックビーム)を連載中。『日直番長』(講談社)、『あしたの弱音』『アベックパンチ』(ともにエンターブレイン)など著書多数。

田内志文【たうち・しもん】翻訳家・作家・スヌーカー選手。一九七四年生まれ。ベストセラーとなった『Good Luck』(ポプラ社)をはじめ、多くの翻訳を手がける。近年は小説にも活動の場を広げ、『ろうそくの炎がささやく言葉』(勁草書房)に「ローエングリンのビニール傘」を発表。スヌーカー選手としては、二〇〇六年チーム世界選手権、二〇〇七年アジア選手権、日本代表。国内最高ランキング四位。

西山繭子【にしやま・まゆこ】女優・小説家。一九七八年生まれ。テレビドラマやCM、舞台などで女優として活躍する一方、小説家としても『色鉛筆専門店』（アクセス・パブリッシング）、『しょーとほーぷ』（マガジンハウス）、『ワクちん』（PHP研究所）など多数の作品を発表。

波多野都【はたの・みやこ】脚本家。『相棒』『警視庁捜査一課9係』『おみやさん』『メイド刑事』『捜査地図の女』（いずれもテレビ朝日系列）など数々の人気ドラマで脚本を担当。近著にNHKドラマのノベライズ『眠れる森の熟女』（リンダブックス）。酒と食と猫と中日ドラゴンズをこよなく愛している。

藤井青銅【ふじい・せいどう】放送作家・作家。一九五五年生まれ。第一回「星新一ショートショートコンテスト」入選を機に放送作家・作家として活動をはじめる。主な著書に『略語天国』『ラジオな日々』『ラジオにもほどがある』（すべて小学館）、『日本人はなぜ破局への道をたどるのか』（ワニブックスPLUS新書）など。落語への造詣も深く柳家花緑「同時代落語」の脚本も手がけている。

古澤健【ふるさわ・たけし】映画監督・脚本家。一九七二年生まれ。ぴあフィルムフェスティバル（PFF）で脚本賞を受賞（'97）。その後黒沢清監督に師事し、『ドッペルゲンガー』（'03）で脚本をつとめる。近年は『Another』（綾辻行人原作・東宝系）、『今日、恋をはじめます』（水波風南原作・東宝系）など立て続けに話題作の監督を手がけ注目を集める。

森山東【もりやま・ひがし】小説家。一九五八年、京都生まれ。大阪大学人間科学部卒業。二〇〇四年、「お見世出し」で第十一回日本ホラー小説大賞短編賞を受賞。京都弁が醸し出すリズムと雅やかな芸舞妓たちの描写で独自の恐怖を描き出す。主な著書に『お見世出し』『デス・ネイル』『祇園怪談』（いずれも角川ホラー文庫）など。

*著者プロフィルは 180p

辞書、のような物語。

NDC913/v, 181p/18cm

初版第1刷—2013年4月30日

著　者———明川哲也《あきかわてつや》／戌井昭人《いぬいあきと》／大竹聡《おおたけさとし》／タイム涼介《たいむりょうすけ》／田内志文《たうちしもん》／西山繭子《にしやままゆこ》／波多野都《はたのみやこ》／藤井青銅《ふじいせいどう》／古澤健《ふるさわたけし》／森山東《もりやまひがし》

発行者———鈴木一行

発行所———株式会社　大修館書店

〒113-8541　東京都文京区湯島 2-1-1

電話 03-3868-2651（販売部）

03-3868-2653（編集部）

振替 00190-7-40504

［出版情報］http://www.taishukan.co.jp

装丁者———井之上聖子

印刷所———壮光舎印刷

製本所———難波製本

ISBN 978-4-469-29100-1　　Printed in Japan
